I0664508

LOUISE LABÉ

OU

LA BELLE CORDIÈRE,

Épisode Lyonnais,

PAR

MM. GUSTAVE MAYER ET THÉODORE LACROIX.

LYON.

IMPRIMERIE DE LOUIS PERRIN,

Rue d'Amboise, 6.

1847.

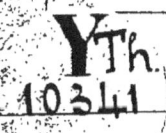

Y Th.
10341

LOUISE LABÉ

ou

LA BELLE CORDIÈRE.

Yth
10341

LOUISE LABÉ

ou

LA BELLE CORDIÈRE,

ÉPISODE LYONNAIS EN TROIS ACTES, QUATRE TABLEAUX,

PAR

MM. G. Mayer et T. Lacroix.

REPRÉSENTÉ, POUR LA PREMIÈRE FOIS, A LYON, SUR LE THÉATRE
DES CÉLESTINS, LE 4 SEPTEMBRE 1847.

LYON.

IMPRIMERIE DE LOUIS PERRIN,
Rue d'Amboise, 6.

1847.

Personnages du Prologue.

PERSONNAGES :		ACTEURS :
HENRI , dauphin de France	M.	PASSARIEU.
EDGAR du PEYRAT, capit. de chev.-légers.	M.	TOURNIER.
Ennemond PERRIN , sergent	M.	AMBROISE.
Pierre CHARLY, dit Labé , fournisseur. .	M.	CÉLICOURT.
Le chevalier de TAILLEMONT	M.	BORSAT.
LUIGI , jeune Italien.	M.	LACROIX.
LOUISE , fille de Pierre.	Mme	WABLE.
Soldats , Arquebusiers , Officiers , Pages.		

NOTA. *Les personnages sont inscrits en tête de chaque scène , comme ils sont placés au théâtre. Le premier inscrit tient la gauche du spectateur. Les changements dans le courant des scènes sont indiqués au bas de la page.*

LE CAPITAINE LOYS.

SIÉGE DE PERPIGNAN.-1542.

Le théâtre représente un camp. Dans le fond, des tentes se prolongent dans un horizon très éloigné. Au troisième plan, à droite de la tente du Dauphin, un site pittoresque. Tout-à-fait dans le lointain, Perpignan un peu sur la hauteur.

Au lever du rideau : le lever du soleil ; mouvement et bruit, les soldats s'occupent et se groupent. Perrin est sur le devant de la scène ; il est blessé au bras.

SCÈNE PREMIÈRE.

EDGAR , *entrant.* ENNEMOND. Soldats. *

ENNEMOND.

Salut, capitaine.

EDGAR.

Bonjour, mon brave Ennemond..... Dis-moi, le Dauphin est-il encore dans sa tente ?

* Edgar , Ennemond... Soldats au fond.

ENNEMOND.

Je crois que oui, capitaine. (*Regardant le papier qu'Edgar tient à la main*) : Est-ce quelque bonne nouvelle que vous nous apportez là ?

EDGAR.

Je ne sais ; mais, à en juger par l'air empressé du messager qui l'apporte, c'est tout au moins une nouvelle importante. (*Il entre chez le Dauphin.*)

SCÈNE II.

LES MÊMES, MOINS EDGAR ; PUIS LUIGI.

ENNEMOND.

Brave capitaine !..... pas fier celui-là, et vive Dieu ! c'eût été vraiment dommage..... ma foi..... Il ne s'en est pas fallu de beaucoup ; et, sans notre diable de petit capitaine Loys, je crois qu'il serait allé faire plus intime connaissance avec ce forcené duc d'Albe, que le Ciel confonde !.....

1er ARQUEBUSIER.

Et bien lui en a pris de s'en abstenir, tête Dieu ! car il paraît qu'il a infiniment peu de ménagement pour ses prisonniers, le vice-roi.

2me ARQUEBUSIER.

Je crois bien, si ce qu'on rapporte est vrai !..... on prétend qu'il les envoie en grande hâte à notre Saint-Père le Pape....., lequel leur accorde la vie sauve, à cette condition seule..... qu'ils troqueront leur casaque et leur lance contre le froc et le cilice du moine..... C'est une manière tout comme une autre de peupler ses couvents qui sont vides.

1er ARQUEBUSIER.

Il paraît en effet que, par le temps qui court (et par saint Paul mon patron, ce n'est pas moi qui les en blâmerai), les pauvres moines ont trouvé plus d'agrément dans la vie de soldat.....

2me ARQUEBUSIER.

Dis donc plus de profit dans le métier de pillard.

1er ARQUEBUSIER.

Quoi qu'il en soit, de tous ceux qui font le pélerinage forcé auprès de l'Espagnol damné, il n'en revient guère; et, comme le disait maître Perrin tout à l'heure, le capitaine du Peyrat a bien manqué avec sa compagnie.....

2me ARQUEBUSIER.

Contez-nous donc un peu cela, sergent Perrin, en attendant l'heure du service.

ENNEMOND.

Volontiers, mes amis..... Ecoutez-moi donc. (*On se groupe autour de Perrin*). Voilà ce que c'est : notre capitaine, qu'est un enragé, pas comme tous ces muguets qu'on nous a envoyés ici, et qui, pas plus tôt arrivés, se sont mis à trembler sous prétexte qu'ils avaient la fièvre..... enfin, sufficit..... notre brave capitaine donc, qui s'ennuyait de ne rien faire, se dit un jour à part lui..... : « Puisque les Espagnols ne veulent « pas venir à nous, allons les trouver..... »

LUIGI, *entrant.* *

Par Notre-Dame! maître Perrin, n'était-ce pas bien raisonné?

ENNEMOND.

Ah! ah! c'est toi, Luigi; et tenez, vous autres, je puis vous présenter un des héros de cette belle journée.

TOUS.

Qui ça? quoi! vraiment? le petit? Ah! ah! ah!

---

* Luigi, Ennemond... Soldats groupés autour d'eux.

LUIGI, *goguenard et fier.*

Per baccho ! vous oubliez, mes maîtres, quel sang coule dans mes veines, et de quel maître j'ai suivi la route... Mais je crois, maître Perrin, que je vous ai arrêté dans la vôtre ; et vive Dieu ! c'est dommage, continuez donc. (*Luigi est allé s'asseoir à gauche, il écoute d'un air rêveur en jouant avec le manche d'un poignard. A mesure qu'on parle d'Edgar, ses yeux s'allument. Quand on parle de Louise, ils deviennent mélancoliques, et son visage est empreint d'une triste rêverie.*)

TOUS.

Oui....., oui....., continuez.

ENNEMOND.

Je poursuis..... Voilà donc : un beau matin, le capitaine sortit du camp pour rôder aux environs....., quelques cavaliers seulement l'accompagnaient ; mais ce pleutre de duc d'Albe, qui nous cachait son jeu, se tenait, à ce qu'il paraît, préparé à toute surprise, et semblait même s'être attendu à notre visite un peu matinale. Bref, à peine avions-nous fait quelques pas dans la campagne que nous nous aperçûmes que nous étions cernés..... Comme je me trouvais alors près du capitaine.....

LUIGI, *se levant.*

Ah ! pardon, maître Perrin, ce n'est pas tout-à-fait ça ; vous étiez loin de lui, à votre rang, lorsqu'il vous appela..... Mais ce que votre modestie voudrait taire, je suis arrivé à temps pour l'apprendre à vos braves camarades qui m'en sauront gré..... Ce n'était donc pas parce qu'il se trouvait près de lui, mais bien parce qu'il connaissait son homme, que le capitaine appela le sergent et lui dit : « Ennemond, si un prompt secours ne nous arrive, c'en est fait de nous tous..... » C'était s'exposer à une mort certaine que d'essayer de franchir cette ceinture d'Espagnols qui nous serraient de plus en plus ; n'importe, maître Perrin s'élance, et cette fois encore le proverbe, que le brave condottière avait adopté pour devise, reçut une nouvelle confirmation.....

TOUS.

Quel condottiere ? quelle devise ?

LUIGI , *fier*.

Le condottiere, c'était le vieux père de Luigi..... La devise , c'était celle-ci : *In una notte nasce il fungo.*

TOUS.

Que veut dire ?..... expliquez-nous ?

LUIGI , *gaîment*.

Cela veut dire , mes amis, que le sergent arriva au camp sans autre accident que cette blessure..... Et maintenant que le voilà tiré du mauvais pas , et qu'il ne s'agit plus de lui..... Mieux que moi il vous finira ce récit.

TOUS.

Voyons , voyons.

ENNÉMOND.

Comme Luigi vient de vous le dire , j'arrivai donc heureusement, ou à peu de chose près , à la tête de nos retranchements, où je trouvai le capitaine Loys, comme on l'appelle , entouré de quelques cavaliers que ces évolutions matinales commençaient à inquiéter déjà. A peine eus-je prononcé le nom du capitaine et fait connaître le danger de nos troupes, que, sans rien écouter, ne consultant que son courage, notre héroïne saute à cheval , et tirant son épée : « Mes amis , s'écrie-t-elle , courons sauver le capitaine du Peyrat, courons délivrer ses braves compagnons. » Ce fut à qui se précipiterait sur ses traces. On arrive , et vive Dieu ! c'était temps. En vain tous nos braves camarades, et Luigi à leur tête , faisaient des prodiges de valeur. Ils faiblissaient de plus en plus ; mais ce renfort imprévu ranime leur courage. Les Espagnols se troublent, abandonnent le champ de bataille , et ont bientôt une défaite de plus à enregistrer, grâce au capitaine Loys, qui changea une déroute certaine en un triomphe complet.....

TOUS.

Bravo ! vive le capitaine Loys !

SCÈNE III.

LES MÊMES; PIERRE LABÉ *entrant.* ⋆

LABÉ.

Quels sont ces cris séditieux ?

ENNEMOND.

Eh ! mais voilà justement le père de notre héroïne.

TOUS.

Vive le capitaine Loys ! Vive le père Labé !

LABÉ.

Qu'entends-je ? cet enthousiasme, ce serait ma fille , ce serait moi qui l'exciterais !... (*Prenant un air digne*): Braves camarades , je suis sensible à ces témoignages de votre juste admiration..... Vos cris ont été entendus , croyez que je les comprends parfaitement, et qu'un si noble enthousiasme ne saurait m'étonner de votre part... Tenez, mes invincibles , voilà de quoi boire à la santé de ma fille. Allez.....

TOUS *sortent.*

Merci. Vive le père Labé ! Vive le capitaine Loys !

SCÈNE IV.

LABÉ , ENNEMOND.

LABÉ.

Quelle franchise ! quelle naïveté dans les élans de ces cœurs généreux !.... quelle noblesse dans l'expression de

⋆ Louise , Ennemond , Labé.

leur dévouement!.... Ah ça! il paraît que toi aussi tu finis par devenir un indomptable! C'est bien, Ennemond; moi, j'aime les grandes batailles, j'aime les grandes armées.....

ENNEMOND, *riant.*

Dont vous êtes le fournisseur?

LABÉ.

Eh! eh! eh! ce cher Perrin!.... Et ta blessure?

ENNEMOND.

Oh! ce n'était rien, une simple égratignure.... (*Avec admiration*): Eh, morbleu! ce n'est plus une gloire maintenant d'avoir du courage, lorsque parmi nous, à notre tête, se trouve une femme, un enfant, dont l'héroïsme va jusqu'à la témérité..... Aussi je suis là.....

LABÉ.

Merci, Perrin, merci, mon ami. Je sais que ce ne sont point tes goûts militaires qui t'ont conduit au siége, mais bien ton zèle à veiller sur Louise. (*Souriant*): Aussi, plus tard, mon guerrier, nous tâcherons de vous récompenser de vos soins..... Mais j'oublie que le Dauphin m'a fait demander, et qu'il m'attend sans doute.

ENNEMOND.

Impossible de lui parler en ce moment; il vient de recevoir un message de la cour, et il est avec le capitaine du Peyrat.

LABÉ.

Eh! eh! je vais en attendant jusqu'à la tente de ma fille. Au revoir, Perrin.

SCÈNE V.

ENNEMOND *seul.*

M'en récompenser! vain espoir! Jamais Louise ne consentira à épouser un homme du peuple qui n'a qu'un seul mérite, celui de l'adorer : elle dont le courage et le talent ont déjà tant de renommée, entourée d'une cour assidue, d'hommages flatteurs qui ne peuvent manquer d'atteindre cette âme si jeune et naïve encore...., elle m'aimer ! être ma femme ! Ah ! chassons ces idées, et n'oublions pas surtout que, quoi qu'il arrive, j'ai promis à son père, j'ai juré à sa mère mourante de veiller sur elle..... Mais on vient....., vite à mon poste. (*Il sort à gauche.*)

SCÈNE VI.

EDGAR, LE DAUPHIN *sortant de la tente.*

HENRI.

Capitaine, vous avez raison..... Quoi qu'il m'en coûte de laisser mon œuvre incomplète, je dois sacrifier les susceptibilités d'un amour-propre blessé aux intérêts de mes soldats..., mes rivalités personnelles à la volonté du roi mon père..... Aujourd'hui ses ordres seront exécutés.....; aujourd'hui même nous abandonnerons ce siége, aussi désastreux pour moi..... qu'a été glorieuse l'expédition de mon frère dans le Luxembourg.

EDGAR.

Oui, prince....; mais, outre que notre ennemi s'appelait Charles-Quint et son lieutenant le duc d'Albe, votre frère n'a pas vu, comme nous, les maladies, des pluies torrentielles servir ses adversaires mieux encore que l'habileté de leur général.

HENRI.

C'est vrai.....; tout semblait ligué contre nous dans cette malheureuse campagne !.... Mais c'est égal, capitaine....: quoique nous ayons tous fait bravement notre devoir, et qu'au fond même de nos revers il y ait peut-être plus de gloire et de courage que dans une suite de victoires faciles..., à vous qui avez partagé depuis long-temps avec moi toutes les émotions de la vie des camps...., à vous dont l'entier dévouement a justement appelé toute ma confiance, toute mon amitié....

EDGAR.

Ah !.... prince.

HENRI, *continuant*.

A vous , je puis dire combien j'ai souffert de cet échec, combien je me sens humilié d'une retraite qui a l'air d'une fuite.

EDGAR.

Ah ! pourquoi faut-il, prince , que l'ordre du roi vous ait si tôt rappelé ?.... Il n'est pas un de nous qui n'eût payé avec bonheur de tout son sang une dernière victoire.

HENRI.

Mon ami....., le devoir d'un soldat, et vous m'en avez tous donné l'exemple , est d'obéir à son chef.... ; le devoir d'un fils est de se soumettre aveuglément aux ordres de son père..... Ne nous occupons plus que des préparatifs du départ; je vais informer sur-le-champ le roi que ses ordres seront exécutés. (*Il sort.*)

SCÈNE VII.

EDGAR *seul*.

Partir !.... partir au moment où je touchais au bonheur !..... me séparer d'elle quand je sais qu'elle m'aime! Elle..... Louise !..... Oh ! non, ce n'est point une illusion, un vain rêve..... comme en enfante le cœur ou l'imagination du malade ; ces vers, ce billet qu'un hasard presque impossible , tout providentiel , a fait tomber entre mes mains....., et qui sont là sur mon cœur...... Oh ! relisons-les encore. (*Il les relit tout bas*). Oh ! plus de doute, c'est bien moi. (*Il lit tout haut :*)

On voit mourir toute chose animée ,
Lorsque du corps l'âme subtile part.
Je suis le corps ; toi , la meilleure part ,
Où es-tu donc , ô âme bien-aimée ?

SCÈNE VIII.

CLAUDE DE TAILLEMONT, EDGAR.

CLAUDE, *l'interrompant.*

Bravo ! Edgar.....

EDGAR, *surpris.*

Ciel ! quelqu'un..... Ah ! c'est toi , de Taillemont.

CLAUDE.

Moi-même , mon cher Edgar..... Mais pardon !.... je suis vraiment désolé d'avoir interrompu tes inspirations poétiques...; (*En souriant*) : quelque sonnet pour une dame des environs....., quelque place forte bien défendue que tu assiéges..... Ma foi, mon cher ami, c'est bien sincèrement que je t'en féliciterais ; car, ici, c'est déjà une gloire de découvrir l'ennemi.

EDGAR.

Non, mon ami, tu te trompes.

CLAUDE, *souriant.*

Oh ! rassure-toi, je ne veux pas surprendre ton secret, ni dévoiler le mystère que renferme ce papier.

EDGAR.

Ce papier !.... que veux-tu dire ?

CLAUDE, *de même.*

Quelque ordre du jour, n'est-ce pas ? Bien ! bien! vous êtes discret, mon maître ! Vrai Dieu ! c'est, en amour, le défaut le plus excusable !..... Mais ce n'est pas cela qui m'amène, et je venais auprès de toi chercher la confirmation d'une nouvelle fort heureuse , selon moi , qui commence à se répandre dans le camp.

EDGAR.

Mais , au fait, tu as l'humeur bien joyeuse ce matin..... Et quelle est cette fameuse nouvelle ?

CLAUDE , *se récriant.*

Ah! c'est aussi par trop de dissimulation..... Toi, le plus intime confident de Monseigneur le Dauphin, toi pour qui, dit-on, il n'a pas de secrets, voudrais-tu me faire encore un mystère de la levée du camp, ou me faire croire que tu en ignores?....

EDGAR.

Ah ! c'est là ce qui te rend si joyeux ?

CLAUDE.

Par tous les diables de l'enfer, je crois que oui! Depuis deux mois que nous sommes ici, on s'ennuie à mourir: ce n'est pas un camp, sur mon âme! c'est une réunion de fiévreux, de trembleurs! et on dirait, Dieu me damne, à voir le désordre de la nature et tous les éléments déchaînés contre nous, que l'enfer est d'accord avec ces gueux d'Espagnols..... Et puis, je le demande, que faisons-nous ici ?.... à quoi avançons-nous ?.... est-ce que ce sont des batailles, ces misérables escarmouches où l'on est, sur mon âme, moins occupé à se battre qu'à résister au vent et à se tenir en équilibre sur un sol glissant, tout couturé, et qui menace de vous engloutir à chaque pas?.... Ce n'est pas de la gloire, tête Dieu! c'est du ridicule que nous sommes venus moissonner dans cette maudite campagne !....

EDGAR.

Là, là!.... Monsieur le chevalier !

CLAUDE.

Et tu veux qu'on ne soit pas heureux, lorsque reparaît devant soi tout un horizon de plaisir et de folles joies! lorsque tout ce que nous regrettons ici, gloire, amour, bonheur, nous allons retrouver tout cela là-bas, dans notre joyeuse ville de Lyon que nous allons revoir enfin! Mais, en vérité, mon beau capitaine, cette froideur, cette mélancolie n'ont pas d'excuses.....; car, enfin, là-bas est ton père.... quelqu'un qui t'aime et qui attend.....

Serait-ce cette mystérieuse épître qui assombrirait à ce point vos pensées et votre avenir ?

EDGAR.

Encore, chevalier !.... Tu y tiens, à ce qu'il paraît !...

CLAUDE, *qui est remonté au fond.*

Eh ! mais, voilà une de nos connaissances, une Lyonnaise aussi, le capitaine Loys.

EDGAR.

Elle ?....

CLAUDE.

Encore un enfant gâté de la fortune ! (*Louise entre*): Salut au capitaine Loys, à notre brave et gracieux frère d'armes !

EDGAR *s'inclinant.*

Mademoiselle.....

SCÈNE IX.

CLAUDE, LOUISE, EDGAR.

CLAUDE.

Belle Louise, à quel heureux hasard devons-nous votre matinale rencontre ? Auriez-vous quelque service à réclamer de nous ?.... Parlez..... : notre bras, notre épée.....

LOUISE.

Merci, Messieurs; et vous, M. de Taillemont, modérez cette ardeur toute chevaleresque, qui m'honore infiniment, mais qui dans ce moment ne pourrait guère m'être utile, à moins qu'elle ne vous aide à découvrir mon père..... ; car c'est tout simplement lui que je cherche, et je le croyais ici.....

CLAUDE.

Mon Dieu, Mademoiselle, il n'y a qu'un instant que

je suis là, et je n'ai vu personne, n'est-ce pas, Edgar?

EDGAR.

Non, Mademoiselle, j'étais seul.....

CLAUDE, *mystérieusement, près de Louise.*

Lisant quelque épître amoureuse, qu'il venait de recevoir ou qu'il allait envoyer.

LOUISE, *un peu troublée.*

Ah! vraiment....

EDGAR.

Que dit-il?.... Oh! n'en croyez rien, Mademoiselle, c'est encore là une folle supposition de M. le chevalier.., une idée fixe, à laquelle maintenant rien au monde ne saurait le faire renoncer..... En vérité, mon cher ami...

CLAUDE, *continuant.*

Et au lieu d'accueillir avec joie, comme tout le monde d'ailleurs, la nouvelle de la levée du camp, le capitaine en paraissait vivement contrarié.

EDGAR, *ennuyé.*

Chevalier!

LOUISE.

Que signifie?....

CLAUDE, *riant.*

Mais, en vérité, je suis d'une indiscrétion! Allons, mon beau capitaine, je vous laisse, et, si vous le permettez, belle Louise, je vais aller moi-même à la recherche de votre père. (*Vers Edgar en lui serrant la main*): Sans rancune, M. l'amoureux.

EDGAR.

Fou!

CLAUDE, *saluant et sortant.*

Mademoiselle.

EDGAR.

Seul avec elle !

SCÈNE X.

LOUISE, EDGAR.

LOUISE.

Il est donc vrai, capitaine, dans quelques heures nous allons quitter le camp ?..... Mais...., pardonnez-moi cette question.... : dois-je croire ce que disait tout à l'heure votre ami, M. de Taillemont ?

EDGAR.

Lui !.... que voulez-vous dire ?

LOUISE.

Je suis bien curieuse, n'est-ce pas ?.... Mais le départ est-il vraiment la cause de l'ennui que vous semblez éprouver ?

EDGAR.

C'est vrai, Mademoiselle : dans ce moment, où tous se livrent avec transport à la pensée de revoir leur patrie, leur famille, le bonheur qui les y attend sans doute, seul, peut-être, je regretterai ces heures d'une vie triste en apparence, mais qu'ont embellie pour moi des jouissances toutes célestes, mais d'aussi courte durée, hélas ! que le rêve auquel ce départ vient m'arracher !...

LOUISE, *moitié émue, moitié rieuse.*

De quel air vous me dites cela, capitaine !

EDGAR, *avec passion.*

Il m'avait semblé..... qu'une femme..... un ange du ciel plutôt, veillait autour de moi, invisible et cons-

tante....., souriant à toutes mes joies qui doublaient
sous son regard ; elle semblait prendre aussi sa part de
toutes mes infortunes , lorsqu'un jour , déchirant le
voile sous lequel elle trompait mes regards , le hasard
me fit entendre , comme l'écho d'une nouvelle vie , un
de ces cris de l'âme que rien ne commande , enfant
du mystère et de la solitude , qui apportait à mon cœur
troublé l'aveu d'un amour inconnu jusqu'à présent et
que je comprenais pour la première fois !.... Concevez-
vous alors , Louise ?.... (*de Taillemont apparaît dans le
fond*) : je sors de mon assoupissement , je me réveille
enfin sous le feu de cet amour qui m'embrase ; car ,
cette femme.....

CLAUDE , *à part.*

Quoi ! ce serait.....

EDGAR.

Cet ange du ciel , c'est.....

CLAUDE , *vivement.* *

Mademoiselle, Monsieur votre père est sur mes pas.....;
je l'ai trouvé occupé à faire , avec le sergent Perrin , ses
préparatifs de départ.

LOUISE.

Mille grâces , Monsieur de Taillemont.

CLAUDE *s'approche d'Edgar.*

Les officiers sont en ce moment réunis , et réclament
ta présence qui est , je crois , indispensable.

EDGAR.

C'est vrai, j'avais oublié !.... Pardon, Mademoiselle...;
mais le devoir.....

LOUISE , *vivement.*

Faites , Messieurs..... (*Elle les regarde sortir.*)

* Louise , Claude , Edgar.

SCÈNE XI.

LOUISE *seule.*

Je suis encore toute tremblante !... Et lui-même, quelle émotion, quel trouble !..... et puis, ce rêve étrange qu'il est venu me raconter..... à moi !.... Il me semblait un moment..... qu'il avait lu au fond de ma pensée. Il me semblait, à chacune de ses paroles, que mon nom allait s'échapper de ses lèvres..... Ah ! mais, non !..... celle qu'il aime...., il me le disait là..... tout à l'heure..., celle qu'il aime lui a ouvert son cœur..... Mais moi..... je saurai garder mon secret....., personne ne saura jamais rien de ce funeste amour, si ce n'est toi, ma belle poésie, confidente discrète de mes plus intimes rêveries !.... Toi seule pourras redire.... un jour..... plus tard, combien Louise l'aimait, combien elle eût pu être heureuse ! Mais tu diras aussi que cet amour, ce bonheur, elle a su les sacrifier à son honneur, à son père... Ah ! pourquoi suis-je venu à ce siége?... mon père !....

SCÈNE XII.

LABÉ *entrant*, LOUISE.

LABÉ.

Enfin je vous retrouve, ma belle héroïne ! Par ma foi, ce n'est pas sans peine..... Mais vois donc, Louise, qui peut amener ici une telle affluence de monde?

LOUISE.

En effet, que signifie ?...

LABÉ.

Grand Dieu ! serait-ce encore quelque ovation nouvelle? Je ne suis pas encore remis de mon trouble : la joie, le saisissement que j'ai éprouvé.....

LOUISE.

Que voulez-vous dire ?... Mais on se dirige de ce côté ; venez , mon père.

SCÈNE XIII.

LABÉ , LOUISE , EDGAR.

Edgar entrant , suivi de tous les officiers. Un page portant un coussin sur lequel est une épée.

EDGAR , *entrant.*

Restez , Mademoiselle.

LABÉ, *à part.*

Encore une !.... j'en étais sûr.

LOUISE.

Mon père !

EDGAR , *d'une voix émue.*

Mademoiselle , Messieurs , dans quelques instants nous allons nous séparer. Les uns vont jouir en repos au foyer domestique des bienfaits de la paix, en se rappelant avec bonheur les fatigues de la guerre ; d'autres iront bientôt cueillir sur le sol étranger de nouveaux lauriers , une nouvelle gloire !.... Mais, avant de nous quitter, nous avons voulu donner un témoignage de notre estime, j'ose dire de notre admiration, à l'héroïne qui, n'écoutant que la voix de son cœur, est venue nous donner l'exemple du courage et du dévouement. (*Prenant l'épée*): C'est donc au nom de toute l'armée que je suis fier de vous offrir cette épée, que votre bras saura porter dignement , et que vos vertus ennobliront encore.... Au capitaine Loys, les officiers du siége de Perpignan !

LOUISE , *émue.*

Messieurs , cet hommage...., je ne sais si je dois.....

SCÈNE XIV.

LABÉ, LOUISE, LE DAUPHIN, EDGAR.

Le Dauphin, qui a soulevé la portière de sa tente et qui a écouté.

LE DAUPHIN.

Acceptez, capitaine, vous le pouvez, vous le devez ! Puisse l'avenir tenir toutes ses promesses ! Puisse la postérité, en redisant les glorieux noms de Jeanne d'Arc et de Jeanne Hachette, ne pas oublier celui de Louise Labé! Glorieux de m'associer à la juste ovation de vos frères d'armes, à genoux, capitaine Loys, je vous fais chevalier.....

LOUISE, *prenant l'épée.*

Merci, Monseigneur; merci, Messieurs : je garderai là (*sur son cœur*), toute ma vie, le souvenir d'un hommage dont je suis fière..... Cette épée me rappellera ce siége qui, s'il ne fut pas heureux, n'en fournit pas moins une page glorieuse à l'histoire.... (*Regardant son épée*): elle me rappellera ce jour...., ma jeunesse; et, si jamais..., Dieu préserve la France d'un pareil malheur, l'ennemi envahissait de nouveau notre belle patrie.... (*brandissant son épée*), je me souviendrais de ceux qui me l'ont donnée, et je saurais encore défendre mon pays.

LUIGI.

Vive le capitaine Loys !

TOUS.

Vive le capitaine Loys !

LOUISE.

Mon père !....

LE DAUPHIN.

Messieurs , dans une heure le départ.....

(*La toile se baisse.*)

FIN DU PROLOGUE.

Personnages de la Pièce.

PERSONNAGES :	ACTEURS :
JEAN DU PEYRAT, lieut.-gén. de la sénéc. de Lyon.	M. BESSON.
EDGAR DU PEYRAT, son fi's, cap. de chev.-légers.	M. TOURNIER.
ENNEMOND PERRIN, cordier.	M. AMBROISE.
HENRI II, roi de France	M. PASSARIEU.
MAURICE DE SCÈVE, échev. de la ville de Lyon.	M. DUPRÉ.
LE CHEVALIER CLAUDE DE TAILLEMONT.	M. BORSAT.
SIR JEAN VULTÉIUS, poète latin.	M. FOURNIER.
MESSIRE JEAN DE TOURNES, imprim. célèbre. .	M. PIERRARD.
LUIGI, jeune Italien au service du capitaine. .	M. LACROIX.
LOUISE LABÉ	Mᵐᵉ WABLE.
CLÉMENCE DE BOURGES, son amie	Mᵐᵉ LEFÈVRE.
JEANNE GAILLARDE	Mᵐᵉ BUYCET.

LOUISE LABÉ

ou

LA BELLE CORDIÈRE,

Épisode lyonnais en 3 actes et 4 tableaux.

—

ACTE PREMIER.

La Confidence. — 1548.

—

Le théâtre représente un riche salon, chez Louise. Porte au fond, porte latérale à droite ; vis-à-vis, à gauche, une cheminée ; au fond, une magnifique bibliothèque garnissant tout le théâtre, une table, fauteuils. Au lever du rideau Perrin est seul.

———

SCÈNE PREMIÈRE.

ENNEMOND *seul, à la cantonade.*

C'est bien, maître Bernard, renvoyez tout le monde ; la journée est finie..... (*Entrant en scène*) : Faut que chacun se ressente un peu de la fête..... que donne. notre belle Louise... ; même toi, mon pauvre tablier..., mon ami de tous les jours, le vieux compagnon de mes

travaux... et que je vais me dépêcher d'envoyer dormir
dans quelque coin... jusqu'à demain... Si Louise me
voyait ainsi..., à l'heure qu'il est...; et ces préparatifs
qui ne finissaient plus.... C'est égal, (*allant à la fenêtre*):
c'est bien, c'est grandiose...; elle sera contente..., et
alors qu'importe le reste, quand c'est pour elle? qu'importe la fatigue?... Est-ce que d'un mot, d'un regard, elle
ne fait pas ce qu'elle veut de tous ceux qui l'approchent?..
l'ouvrier, comme le grand seigneur..., elle les domine
tous...; et quand je pense que moi..., l'homme du peuple..., artisan obscur..., un tel trésor... à moi! Ah! il
y a des moments où cela me donne des pensées d'orgueil!
Et, Dieu me damne! tous ces grands seigneurs, qui
viennent si souvent ici... trop souvent; car, enfin...
(*soupirant*); mais c'est ma faute, et c'est moi qui l'ai
presque forcée à rouvrir ses salons, fermés à tout le
monde. Depuis la mort de ce pauvre père Labé, elle était si
triste; et puis! comme dit le vieux Bernard..., les jolies
fleurs ne sont pas faites pour se faner en magasin. Bref,
depuis un mois qu'elle a repris ses travaux, sa muse,
comme ils appellent cela..., c'est un succès..., une vo-
gue..., c'est à qui viendra, à qui obtiendra une parole,
un regard... un conseil (*il rit*); il n'y a pas jusqu'à moi
qui ne me ressente de cet enthousiasme général; oui,
vrai Dieu!.., c'est à qui pourra serrer la main calleuse
du futur mari de Louise..., de l'homme de son choix,
de celui qui..., de celui que... et par ci, et par là...,
ça n'en finit jamais... Mais, avec vos pensées de vanité,
vous vous oubliez, maître Ennemond; et si Louise vous
voyait ainsi, ce serait encore des reproches, comme
l'autre jour... Aussi j'ai tort, et puisque ça lui déplaît...,
que diable!... Pour elle... j'ai bien porté la cuirasse;
l'habit du bourgeois n'est pas plus lourd... Mais on
vient..., c'est elle...; allons, c'est trop tard..., je suis
pris...

SCÈNE II.

ENNEMOND , LOUISE.

LOUISE.

Ah! c'est vous, Ennemond; je vous cherchais, Monsieur, pour vous remercier d'abord...

ENNEMOND, *avec bonhomie.*

Oh ! Louise.

LOUISE , *avec un geste.*

Pour vous gronder ensuite...

ENNEMOND , *à part.*

Ah ! nous y voilà... (*Haut*): Mais , Louise...

LOUISE.

Oui , Monsieur... ; mais chaque chose à son tour, et j'éprouve tout d'abord le besoin de vous remercier , mon bon ami, de tout l'embarras que vous vous êtes donné pour notre petite réunion de ce soir, une vraie fête pastorale, comme dans le bon vieux temps, une soirée en plein air : c'est charmant, et, grâce à vos soins, je viens de jeter un coup d'œil au jardin , ce sera délicieux ; je suis sûre que tous nos poètes vont être bucoliques au possible ce soir. Mais , quand vous ne m'en voudrez plus pour toute la peine que je vous ai laissé prendre , je me permettrai de vous faire de gros reproches pour votre nouvelle folie... Oui , Monsieur, une folie... : cette parure qui , du reste , est magnifique , et qui prouve en faveur de votre bon goût, mais que vous n'auriez pas dû...

ENNEMOND.

Quoi , Louise ?

LOUISE.

Au reste, Monsieur Ennemond, vous m'avez habituée à de pareilles surprises , et j'aurais de la peine à vous faire aujourd'hui des reproches que depuis longtemps vous n'avez mérités tous les jours.

ENNEMOND.

Vous voir heureuse, Louise, aller au-devant de tous vos désirs, n'est-ce pas maintenant l'unique but de mon existence ?... n'est-ce pas ? ...

LOUISE.

Oui, Ennemond, oui, je suis sensible à tout ce que vous faites pour moi. Depuis ce jour fatal qui m'a faite orpheline, chaque instant m'apporte une nouvelle preuve de votre affection, de votre sollicitude pour moi. (*Mouvement de Perrin*): Oh! pourquoi me priver du plaisir de vous témoigner ma reconnaissance ?...

ENNEMOND, *ému.*

De la reconnaissance pour moi! vous... Oh! pourquoi donc toujours me parler ainsi ?... (*Avec un peu de brusquerie*): Et qu'ai-je fait pour vous que tout honnête homme n'eût fait avec bonheur à ma place ?... Et d'ailleurs, d'un mot, d'une espérance que vous donnez, Louise, ne suis-je pas amplement payé du peu que je pourrais faire pour vous? et les derniers vœux de votre père...

LOUISE.

Ennemond!

ENNEMOND.

Oh ! mais, pardon, Louise, de vous rappeler ces souvenirs ; nous autres pauvres gens, bien honnêtes et bien francs, nous ne savons parler qu'avec le cœur, non avec l'esprit ; souvent notre main loyale, mais rude, veut caresser.., elle blesse... Et puis, Louise, vous ne pouvez comprendre tout ce qui s'est déjà heurté dans ma tête de folles et bizarres pensées, depuis le jour où j'osai former un rêve bien insensé.... Mais vous me disiez un jour : Plus tard...

LOUISE, *vivement agitée.*

Oui, Ennemond..., oui, mon ami, plus tard... (*Avec*

une gaîté forcée): Mais voyons, quittez cet air soucieux qui n'est pas de mise du tout anjourd'hui, et permettez-moi de vous rappeler, Monsieur, que nous attendons du monde, et que vous vous êtes constitué vous-même mon intendant général, ce que vous me paraissez avoir un peu oublié...

ENNEMOND.

Ah! Louise, auprès de vous on oublierait la terre entière... Quelques ordres à donner, et dans un instant je reviens près de vous... (*Il sort.*)

SCÈNE III.

LOUISE *seule*, *le regardant sortir*.

Plus tard! m'a-t-il dit; et moi j'ai répondu : Oui, plus tard!... Comme toujours, je n'ai eu de courage que pour tromper cet homme si simple, si honnête et si bon !... (*Rêveuse*): Hélas ! il fut un jour où croire à son affection était une des plus douces habitudes de ma vie d'enfant..., où douter de lui... eût brisé mon plus beau rêve de jeune fille... Il fût un jour où, seule, délaissée, orpheline comme aujourd'hui, j'eusse appelé de tous mes vœux l'instant qui doit nous unir, où j'eusse ainsi réalisé, sinon avec bonheur, du moins sans regrets comme sans remords, le dernier vœu de ma mère mourante, le seul espoir aussi de mon père qui n'est plus !... (*elle s'assied*): c'est qu'alors, sans autres émotions que celles du foyer domestique, j'avais toujours vécu de ses seules joies, de ses seules inspirations..; hors de ce cercle étroit, mais qui me suffisait alors, je ne connaissais plus rien... Vivre..., pour moi, c'était aimer mon père...; être heureuse, c'était plaire à celui que sa tendresse me destinait [1]... Douce erreur, rêveries de l'innocence, qu'un regard de tes beaux yeux, ô mon Edgar, est venu dissiper un jour, en ouvrant mon cœur à des sensations toutes nouvelles !... En vain depuis un mois je déplore une absence qui doit se prolonger longtemps peut-être, mais qui jamais ne tuera dans mon cœur ton souvenir....... En vain s'efforcerait-il encore, comme autrefois, comme toujours, de nous séparer, cet homme qu'un hasard presque impossible semblerait avoir rendu maître de mon fatal secret. Ce Maurice que je trouve toujours entre mon amour et moi, entre ton cœur et le mien !... eh ! que prétend-il donc, dans sa confiance aveugle ? (*Railleuse et fière*): De quel droit s'arroger une pareille mission ? Lorsque j'ai fait taire en moi la crainte et le remords, lorsque j'ai eu la force d'oublier', de ne pas voir le dévouement de tous les jours d'un noble cœur que je sacrifie sans pitié..., quand j'ai juré..., la volonté de cet homme peut-elle être un obstacle pour moi ?... Du monde, déjà... Ciel ! Clémence, mon amie..., c'est toi ! (*Elles s'embrassent.*)

SCÈNE IV.

CLÉMENCE, LOUISE.

CLÉMENCE.

Oui, Louise, c'est moi qui suis bien heureuse de pouvoir être un instant seule avec toi, ma bonne et fidèle amie..., avec toi, loin de qui j'ai passé de bien tristes heures depuis tantôt un mois, et que j'ai regrettée si souvent dans ma retraite... (*Avec réflexion en regardant Louise*) : Mais, dis-moi, Louise, tout à l'heure tu semblais agitée, inquiète... ; quand tu m'as embrassée, ta main tremblait dans la mienne... (*Avec élan et sensibilité*): Louise..., tu souffres, ou tu me caches un secret.

LOUISE, *embarrassée.*

Que dis-tu ?

CLÉMENCE, *vivement.*

Oh ! parle, amie !... N'ai-je donc plus droit à toutes tes peines, comme à toutes tes joies ?... tes larmes, que ce soit la douleur qui les arrache ou le bonheur qui les fasse répandre, ne sont-elles pas toutes à moi ? tes craintes, tes espérances, ne m'en dois-tu pas la moitié ?...

LOUISE, *se remettant tout-à-fait.*

Oui, je le sais et je te remercie ; mais rassure-toi, mon amie, ton bon cœur s'est alarmé à tort...

CLÉMENCE.

Bien vrai, Louise ?.. Oh ! s'il en est ainsi, tant mieux ! et si j'ai douté si longtemps..., si je doute encore un peu... (*Mouvement de Louise*) : Eh bien ! non, c'est que, vois-tu, Louise..., je t'aime... (*A partir de ce moment, Clémence se rappelant sa douleur s'attriste de plus en plus vite, afin de faire contraste avec l'élan de joie qu'elle avait eu au commencement de cette scène.*)

LOUISE.

Bonne Clémence !

CLÉMENCE.

Je t'aime..., et je me souviens....

LOUISE.

Que veux-tu dire ?

CLÉMENCE.

Et puis... quand on voit à travers des larmes...

LOUISE.

Qu'entends-je ?

CLÉMENCE.

On voit mal !... et depuis que je t'ai quittée, Louise...

LOUISE.

Oh ! achève...

CLÉMENCE.

J'ai tant souffert !...

LOUISE, *avec un cri.*

Toi !...

CLÉMENCE, *sanglotant et se jetant dans les bras de Louise.*

Je suis si malheureuse !

LOUISE.

Grand Dieu !... Clémence, mon amie, ma sœur, voyons, du calme, de la raison.

CLÉMENCE, *relevant la tête.*

Du calme, de la raison..., toi aussi ?.. Oui, voilà ce qu'ils me répètent tous les jours ! puis, ils me disent encore d'espérer..., comme si je pouvais être calme, ô mon Dieu !... comme s'il dépendait de moi de ne pas perdre la raison ! comme si, après cela, tout espoir ne m'était pas impossible !...

LOUISE.

Voyons, mon amie, tu exagères peut-être ta position ? (*Clémence soupire, secoue la tête négativement et lève les yeux au ciel*): Du courage... viens te mettre là, près de moi (*elle la fait asseoir*), et à mon tour de te rappeler que j'ai droit à toute ta confiance! (*Avec sentiment*): Peut-être, à nous deux, trouverons-nous moins lourd à porter ce fardeau de douleur qui, seule, t'accablerait.

CLÉMENCE.

Merci, Louise..., merci, j'avais besoin de ces douces et consolantes paroles...; car, vois-tu, je n'ai plus la force de contenir ma douleur : trop longtemps je l'ai gardée là, muette et brûlante...; je sens qu'elle déborde malgré moi !... Mais je dois du moins remercier Dieu de m'avoir ramenée auprès de l'unique amie qui puisse me comprendre...

LOUISE.

Et te consoler...

CLÉMENCE.

Peut-être !...

LOUISE.

Oh ! oui, Clémence, oui, mon amie, et doublement heureux pour moi sera aussi ton retour qui m'aura rendu une sœur, et qui m'aura permis d'apporter un soulagement aux maux qu'elle souffre !...

CLÉMENCE.

Ah ! Louise, pourquoi ne t'ai-je pas connue plus tôt ! tes conseils m'eussent guidée..., ton amitié m'eût sauvée peut-être ! Mais, hélas ! la mort venait de m'enlever la meilleure des mères... Sans appui, dès-lors, sans personne autour de moi pour m'aimer ou me plaindre..., brisée par la douleur..., pouvais-je ne pas ouvrir mon âme aux rayons du pur soleil qui venait la ranimer ?... A l'horizon de ma vie venait d'apparaître un homme plein de noblesse, de courage et de gloire... : entraînée vers lui qu'un hasard où je croyais voir une destinée rapprochait de moi, je goûtais avec avidité un sentiment inconnu dans les consolations que seul il prodiguait à mes infortunes... ; que te dirai-je, Louise ? je concentrai sur lui toutes mes affections... : l'aimer, fut bientôt pour moi comme le point de départ et le but de mon existence de chaque jour... Tout ce qui n'était pas lui me semblait triste ou hostile ; je sentais de plus en plus qu'il était nécessaire à mon bonheur, à ma vie ; que, du jour où je serais séparée de lui, je devais cesser de vivre...

LOUISE, *inquiète.*

Eh bien ?...

CLÉMENCE.

Le doute est entré dans mon âme... Louise, j'ai peur.

LOUISE.

Ah ! bonne Clémence, chasse ces tristes idées ; il doit être incapable de tromper, celui qui a mérité ton amour.

CLÉMENCE, *exaltée.*

Non, Louise, non, je ne me fais pas illusion !... Chaque jour qui s'enfuit me laisse une déception, chaque heure

3

qui s'écoule une terreur nouvelle... Eh bien ! Louise, vois toute l'étendue de mon malheur : malgré... tout ce qui aurait dû changer mon doute en certitude..., le doute est le seul lien qui me rattache à la vie... ; c'est le soleil pâle, froid, voilé à demi par d'obscurs nuages..., n'importe, c'est toujours le soleil... ; c'est un rêve absurde... impossible..., mais qui sait ce que sera le réveil ?...

LOUISE.

Mon amie !

CLÉMENCE.

Et puis, je ne sais... ; mais il faut qu'on me cache encore quelque secret bien terrible, puisqu'on n'ose me l'apprendre, à moi qui ai déjà tant l'habitude de la souffrance.... J'ai peine à m'expliquer ces paroles qu'on me répète sans cesse... : me taire..., souffrir en silence... si je ne veux perdre la seule chance de salut qui me soit encore offerte !...

LOUISE.

Pauvre Clémence !... mais pourquoi t'isoler ainsi ?... pourquoi te séparer de nous ?...

CLÉMENCE.

Tout ce qu'on m'a dit, Louise, c'est qu'il s'éloigne, lui, et que je devais fuir un danger que son absence rendait plus imminent encore... Tu vois, toujours du mystère !... Oh ! mais, je suis injuste... ; celui qui a deviné mon amour, qui l'a protégé, qui m'a soutenue dans mes luttes, raffermie dans mes pensées, celui-là ne peut avoir pour moi que de bons conseils, et j'aurais tort de ne pas me laisser conduire aveuglément par lui...

LOUISE.

Lui ! mais de qui donc veux-tu parler, Clémence ?

CLÉMENCE.

De mon tuteur, mon second père, mon ami, M. Maurice.

LOUISE.

Maurice de Scève! (*Regardant Clémence*): Oh ! ciel... quel soupçon !

CLÉMENCE.

Le seul être qui m'ait véritablement aimée, le seul qui m'ait comprise.

LOUISE, *à part.*

Il m'a comprise aussi !... (*Haut*) : Et ce départ... C'était lui. (*A part*): Oh ! mon Dieu !... je ne sais..., mais... à ce nom seul j'ai senti en moi d'étranges inquiétudes... Oh ! mais je suis folle... ; c'est impossible..., Edgar...

CLÉMENCE, *la regardant.*

Que penses-tu, Louise ?

LOUISE, *vivement.*

Rien... Mais, dis-moi, Clémence..., M. Maurice ne t'a rien dit des motifs, rien ?...

CLÉMENCE.

Et pourquoi ?... si je ne devais pas les connaître...

LOUISE.

Tu ne soupçonnes rien ?...

CLÉMENCE.

Non, Louise..., sinon qu'il doit y avoir là-dessous quelque mystère douloureux que son noble cœur a voulu me taire encore. Mais j'entends quelqu'un.

SCÈNE V.

LES MÊMES ; MAURICE , ENNEMOND *sortant de la chambre à droite.*

MAURICE. *

Seules ensemble !...

ENNEMOND.

Mademoiselle Clémence ici ! quelle agréable surprise ! et comment ne m'en aviez-vous pas prévenu, mon cher échevin ?... (*Il cause avec Louise.*)

MAURICE.

Pourquoi ne pas m'avoir attendu , Clémence ?

CLÉMENCE.

Oh ! il ne faut pas me gronder pour cela ; j'avais hâte d'embrasser ma bonne Louise , que je n'avais pas vue depuis longtemps... : est-ce que j'ai mal fait ?...

MAURICE.

Ce n'est pas ce que je voulais dire... ; mais , dans ton intérêt, crois-moi, ma fille , aie le courage de garder ton secret.

CLÉMENCE , *à part.*

Encore ces paroles !... (*regardant Louise*) : même ici.

MAURICE , *sèchement.*

Surtout ici...

ENNEMOND.

Ces Messieurs tardent bien à arriver. (*Il remonte.*)

* Ennemond , Louise , Clémence , Maurice.

CLÉMENCE, *à part.*

Oh ! mon Dieu ! Louise connaîtrait-elle aussi ?... Oui, son trouble à mon aspect, son embarras... Oh! mon Dieu! quelle douleur me réservez-vous donc encore ?...

SCÈNE VI.

ENNEMOND, MAURICE, LOUISE, CLAUDE, VULTÉIUS, DE TOURNES, CLÉMENCE.

UN DOMESTIQUE *annonçant.*

Le chevalier Claude de Taillemont, sir Jehan Vultéius, messire Jean de Tournes.

(*Ils entrent.*)

LOUISE. *

Arrivez donc, Messieurs.

ENNEMOND.

Nos trois inséparables.

MAURICE.

Un vrai triumvirat.

LOUISE.

Eh! ne riez pas trop fort, Monsieur l'échevin : savez-vous que lorsque, comme aujourd'hui, le poète peut s'appuyer d'un côté sur l'homme de guerre, de l'autre sur l'imprimeur, c'est-à-dire sur le bras qui défend et la main qui propage, c'est en effet un puissant triumvirat, dont l'existence seule suffirait pour faire la gloire de notre xvie siècle... Qui pourrait dire où s'arrêtera l'essor de la pensée soutenue par l'épée du chevalier, propagée par la presse ?

---

* Ennemond, Maurice, Louise, Claude, Vultéius, de Tournes, Clémence.

MAURICE.

Sans doute, mais...

VULTÉIUS, *apercevant Clémence. (A part).*

Elle ici ! O Jupiter, qu'elle est belle ! ! !...

LOUISE, *le regardant et riant.*

Eh bien ! qu'est-ce qui vous prend, M. Vultéius, et qu'est-ce que vous avez donc à jurer par le dieu de l'O-lympe ?

MAURICE, *de même.*

Un poëte latin... C'est tout simple.

VULTÉIUS, *embarrassé.*

Ah ! pardon, Louise... ; mais en effet... (*à part*): le saisissement, le trouble où je suis... ; la revoir ici, quand je m'y attendais si peu !...

LOUISE.

Oh ! mon Dieu ! quelle émotion...', quelle figure...! Mais, voyez donc, chevalier !...

CLAUDE.

Je vous dis que, depuis quelques jours, c'est à ne plus le reconnaître, ce cher Vultéius... ; il tourne à l'é-légie...

LOUISE.

Oh ! mon Dieu !

CLAUDE.

Je crois, Dieu me damne ! qu'il a au cœur quelque passion bien secrète, bien mystérieuse, et surtout bien peu partagée.

LOUISE.

Vraiment ?... Vous verrez que ce sera quelque flèche mal lancée qui sera venue blesser ce pauvre cœur... Cupidon n'en fait jamais d'autres !...

VULTÉIUS. *Il les regarde, puis ensuite Clémence.*

Oh ! quel supplice !

LOUISE , *qui l'a observé.*

Oh ! mon Dieu ! est-ce que par hasard?... (*Elle montre Clémence à Claude.*)

CLAUDE.

Je crois que oui...

DE TOURNES.

Ah ! chevalier , c'est d'une indiscrétion !...

LOUISE.

Ce n'est pas possible... Ah ! ah ! ah !... Monsieur Vul-téius... (*A part*) : Pauvre Clémence ! il ne lui manquait plus que ce bonheur-là. (*Haut*) : Ah ! ça , mais , savez-vous que vous n'êtes pas aimable du tout, Monsieur le poète , dans vos jours de sombres rêveries !...

VULTÉIUS.

Que voulez-vous dire ?...

LOUISE.

Mais regardez donc , Monsieur, cette pauvre Clémence que vous délaissez... : elle arrive après une longue ab-sence... , et vous n'avez pas un mot pour elle... ; vous ne l'avez même pas saluée.

CLAUDE.

Louise , vous êtes cruelle !...

VULTÉIUS.

Grand Dieu ! !...

* LOUISE, *riant toujours et le prenant par la main.*

Allons , Monsieur, venez vite et réparez vos torts.

* Ennemond, Maurice, Claude , de Tournes, Louise, Vultéius, Clémence.

VULTÉIUS, *à part.*

Dissimulons. (*Haut*): Mademoiselle voudra-t-elle bien m'excuser si... d'abord j'ai manqué. (*Il lève les yeux et rencontre ceux de Clémence.*)

CLÉMENCE, *à part.*

Quel embarras !!...

VULTÉIUS, *à part.*

Oh ! Tantale !!

CLÉMENCE, *souriant.*

Je vous pardonne, Monsieur Vultéius, et d'ailleurs vous n'avez guère besoin d'excuses... ; lorsque le soleil apparaît au firmament resplendissant de lumière, envahissant tout dans ses flots de clarté, quel regard pourrait encore découvrir l'humble étoile qui disparaît sous sa splendeur ?

VULTÉIUS.

Oh ! divin !!...

LOUISE.

Ah ! ah ! ah ! très joli !... La comparaison est quelque peu élevée, ma bonne Clémence. (*Près d'elle et bas*) : Allons, oublie, chère sœur. (*Se retournant vers Vultéius*): Eh bien ! Vultéius, vous restez court ?...

DE TOURNES.

Non pas, Louise, ne vous y trompez pas !... sous ce calme apparent se cache quelque mordante épigramme ; regardez-le plutôt. (*Vultéius sourit*). Son œil brille..., sa muse se réveille, prenez garde..., Vultéius menace en ce moment d'être très spirituel.

LOUISE.

Ah ! voyez-vous, voilà déjà la peur qui me prend... Voyons, Vultéius, ne soyez pas trop méchant... ; mais dites-moi à quoi vous pensez ?...

VULTÉIUS, *souriant.*

Oh! rien, une idée...

CLAUDE.

Quand je vous le disais.

VULTÉIUS, *continuant.*

Qu'avait fait naître en moi la comparaison élégante, mais...

LOUISE.

Mais peu juste, dans ce qui regarde le soleil... : c'est là ce que vous voulez dire, n'est-ce pas? Allons, Vultéius, bien flatteur, d'abord... , impertinent ensuite.

VULTÉIUS.

Oh! ne croyez pas...

LOUISE.

De plus, dissimulé... ; en vérité, vous avez toutes les qualités du courtisan...

CLAUDE.

Il s'inspire de l'arrivée du roi...

LOUISE.

A propos du roi, eh bien! vous ne nous en avez encore rien dit, Monsieur l'échevin ; ni vous, Monsieur le chevalier...

ENNEMOND.

Eh! bien, mais... ; et l'idée de Monsieur Vultéius?

LOUISE.

Oh! je suis persuadée que nous ne perdrons rien pour attendre. (*Elle se place entre Maurice et Claude.*)

ENNEMOND *à la croisée.*

Oh! oh! voilà du monde qui nous arrive.

LOUISE.

Déjà... ; descendez donc, mon ami ; dans un instant nous vous suivons... (*Ennemond sort.*)

SCÈNE VII.

LES MÊMES, MOINS ENNEMOND.

LOUISE. *

Eh bien ?...

MAURICE.

Eh bien ! le roi, arrivé, il y a deux jours, comme vous le savez, est encore à l'abbaye d'Ainay, et le jour de son entrée solennelle est encore un mystère... Les préparatifs se font cependant avec une ardeur sans pareille..., et Lyon tient à cœur, aujourdhui comme toujours, de se montrer la seconde ville de France, par le goût et la richesse, autant qu'elle l'est par la force.

LOUISE.

Oui, on dit surtout des merveilles de la magnificence des costumes que doivent revêtir les légations étrangères.

DE TOURNES.

Et surtout les corps de métiers.

CLAUDE.

Sans parler maintenant de toutes les réjouissances qui sont promises..., les combats de gladiateurs...

LOUISE.

Vraiment?...

CLAUDE.

Oui bien ! des naumachies à l'antique, des chasses allégoriques, etc., etc.

VULTÉIUS.

Sans compter ces innombrables discours français,

* Maurice, Louise, Claude, de Tournes, Vultéius, Clémence.

grecs , latins... , qui vont pleuvoir sur cet infortuné monarque : vous oubliez la partie la plus intéressante du programme.

CLÉMENCE.

Ne disiez-vous pas aussi qu'on avait fait venir tout exprès d'Italie des comédiens pour donner une représentation extraordinaire ?

MAURICE.

Oui , ils sont arrivés en effet, et doivent donner bientôt le spectacle de la *Calandra* , qui a fait leur réputation au-delà des Alpes.

LOUISE.

Oh ! ce serait charmant ; nous verrons tout cela , n'est-ce pas , Clémence ?

MAURICE.

Sans doute ; et si vous m'en aviez laissé le temps , je vous aurais déjà dit...

LOUISE ET CLÉMENCE.

Quoi donc ?...

MAURICE , *souriant*.

Que , parmi les merveilles qu'on a fait admirer à Sa Majesté Henri II ainsi qu'à la reine Catherine de Médicis, ils se sont plaints de n'avoir pas encore vu les deux plus beaux ornements de la ville de Lyon... , et que, malgré le bruit que font en ce moment autour du roi tous ces gens occupés à publier leurs métiers , la voix de la Renommée a su faire entendre néanmoins aux oreilles de Leurs Majestés deux noms déjà célèbres : celui de Louise Labé , et celui de Clémence de Bourges.

LOUISE.

En vérité ?...

CLÉMENCE.

Vous raillez , Monsieur Maurice.

MAURICE.

Non pas vraiment, et la reine Catherine a demandé
formellement que vous lui fussiez présentées solennelle-
ment le jour de la cérémonie.

LOUISE.

Que dites-vous là ?...

CLAUDE.

La vérité, Mademoiselle.

LOUISE.

Ah ! mais, c'est très ennuyeux ; sans avoir été pré-
venues !

VULTÉIUS.

Voilà les inconvénients de la célébrité.

CLAUDE *à Clémence.*

Que voulez-vous, Mademoiselle ? votre talent sur l'épi-
nette est chose rare, et qu'on n'est pas à même d'entendre tous les jours, fût-on roi de France... (*A Louise*) :
Et vous avez bien par là quelque délicieuse poésie nou-
vellement éclose, et qui n'attend plus qu'une dédicace
royale !...

LOUISE.

En effet, si j'avais su plus tôt... ; mais, n'est-ce pas,
Clémence, c'est très contrariant? D'ailleurs, tant pis pour
vous, Monsieur l'échevin, et pour vous aussi, Messieurs !
je vous condamne à entendre mon poème... : Les Débats
de Folie et de l'Amour. (*Elle va le chercher*) : Cela vous
apprendra à me faire des surprises pareilles.

CLAUDE.

Comment donc ! mais, c'est doubler votre fête, Louise.

(*On se groupe autour d'elle.*)

LOUISE. *

Hein ! hein !... Voyons, asseyez-vous vite, et avant que
tout notre monde soit arrivé. Vous m'écoutez, Vultéius ?

VULTÉIUS.

J'écoute et j'attends.

LOUISE.

Voici ce que c'est... : Jupiter...

VULTÉIUS.

Ah ! vous y revenez...

LOUISE , *riant.*

C'est vrai, mais ne m'interrompez pas.

VULTÉIUS.

Je suis muet.

LOUISE , *reprenant.*

Jupiter faisait un grand festin , etc.

SCÈNE VIII.

LES MÊMES. JEANNE GAILLARDE *entre sur les derniers
mots.*

JEANNE. **

Bravo ! Louise, délicieux ! une idée charmante !...

VULTÉIUS.

Au diable les importuns !

LOUISE.

Eh ! c'est cette chère Jeanne Gaillarde... : bonjour !

* Maurice , Claude , Louise , de Tournes , Vultéius , Clémence.
** Maurice , Claude , Louise, Jeanne, Vultéius, de Tournes , Clémence.

VULTÉIUS.

Ah ! en voilà une qui n'a pas volé son nom.

JEANNE.

Bonjour, amie... (*à Clémence*) : Eh quoi ! vous voilà
de retour, belle fugitive. Il ne fallait rien moins que
l'entrée solennelle du roi Henri II pour que nous eus-
sions enfin de vos nouvelles ! Eh ! qu'êtes-vous devenue ?
vous devez avoir beaucoup de choses à nous raconter ;
mais, plus tard... Salut à M. l'échevin... ; noble poète,
je vous salue.

VULTÉIUS.

Cette femme me crispe.

JEANNE.

Eh ! qu'avez-vous donc, Monsieur Vultéius ? quelle
mouche vous pique ! Dieu me pardonne ! vous me faites
la moue. (*On rit.*)

VULTÉIUS.

Moi, vous croyez !... ; certainement...

JEANNE.

Comment, certainement !...

VULTÉIUS.

Non, je voulais dire...

JEANNE.

Allons, je vous absous... ; voici ma main !

VULTÉIUS, *à part.*

Que dit-elle ?... Devant Clémence, quelle humiliation !

JEANNE.

Allons...., courbe la tête, fier Sicambre. (*Elle rit*) :
Là donc...

VULTÉIUS.

Où allons-nous ? Pauvre siècle !... si ça continue , nous aurons bientôt des conseillères au Parlement.

LOUISE.

Eh bien ! où serait le grand mal , Monsieur Vultéius ?

VULTÉIUS , *finement.*

Le mal ?... au Parlement ! (*On rit.*)

JEANNE.

Savez-vous , toute belle , que vous avez eu une excellente idée ? c'est hardi, c'est original , c'est presque une révolution , et je les aime... C'est à qui renchérira sur les louanges qu'on donne de toutes parts au goût , à l'ordre, à la poésie de cette fête... Oui , vrai Dieu ! de la poésie ? il n'est pas jusqu'à nos vieux conseillers à tête grise qui ne se sentent aujourd'hui des dispositions pastorales... Oui, sur ma foi ! c'est très plaisant de voir ces Thyrcis un peu détériorés réclamer à grands cris la déesse de cet Éden... , la fée qui a produit ce monde de merveilles... C'est un succès d'enthousiasme , chère belle , et je crois qu'il est temps d'aller relever ce pauvre Monsieur Ennemond , si vous ne voulez pas qu'il succombe sous ce torrent d'exclamations bucoliques.

LOUISE.

Quelle folie !

VULTÉIUS.

Quel langage !

JEANNE , *à la croisée.*

Et tenez, il paraît que le poste n'était plus tenable, et qu'il a déserté. Je l'aperçois..., avec qui est-il donc ?... (*Revenant*) : Ah! à propos, j'oubliais de vous dire, Louise, qu'il vous cherche de tous côtés, et ce n'est, je vous assure, ni le moins empressé ni le moins éloquent à prôner votre éloge, et c'est flatteur !...

LOUISE.

Mais, de qui voulez-vous parler?...

JEANNE.

Eh! ne vous l'ai-je pas dit? du général du Peyrat.

LOUISE.

Le général!

CLÉMENCE.

Son père!

JEANNE.

Sans doute! n'a-t-il pas la prétention d'être le protecteur des beaux-arts, le Mécène de notre temps?

LOUISE.

Jeanne!... mais comment le général est-il ici?

JEANNE.

C'est dommage, il lui manque un Auguste... Ce petit
Henri II n'y atteindra jamais...

VULTÉIUS.

Cette femme ne respecte rien!

SCÈNE IX.

LES MÊMES, LE GÉNÉRAL DU PEYRAT.

LE GÉNÉRAL.*

Pardonnez, Mademoiselle, à un profane de violer
ainsi le secret du sanctuaire...

---

* Maurice, Claude, de Tournes, Louise, le général du Peyrat, Jeanne,
Vultéius, Clémence.

JEANNE.

Vous voyez...

VULTÉIUS.

Silence donc !...

LOUISE.

· Ah ! général !...

LE GÉNÉRAL.

Mais puisque , parmi les élus à qui il est permis de prendre part à vos réunions si pleines de charmes et déjà si célèbres , vous cachez ceux dont la chose publique ne peut se passer... , force nous est bien de venir les chercher jusqu'ici... C'est pour vous que je parle, Monsieur l'échevin... , pour vous, Monsieur le chevalier.

LOUISE.

S'il en est ainsi , nous devons remercier ces Messieurs de l'honneur qu'ils nous procurent , tout en regrettant de devoir à une obligation le plaisir que votre présence nous cause.

LE GÉNÉRAL.

Le reproche n'est pas mérité , Mademoiselle ; c'est toujours avec bonheur, vous le savez, que je me retrouve au milieu d'une réunion de gens aussi connus déjà par leurs talents et leur science : poètes, imprimeurs célèbres , guerriers , magistrats... , qui font la gloire de notre ville et dont les noms survivront à notre époque, comme l'âme au corps, pour aller retentir jusque dans les siècles futurs... Veuillez me pardonner, Mademoiselle , de vous enlever pour quelques instants Monsieur de Taillemont et Monsieur Maurice, l'entrée du roi étant fixée à demain...

LOUISE.

Demain , déjà ?...

LE GÉNÉRAL.

J'ai besoin de m'entendre avec eux sur les dernières

4

dispositions à prendre... Je vous les rends dans un instant.

SCÈNE X.

LES MÊMES, LUIGI, ENNEMOND.

(Au moment où ils vont sortir on entend des cris dans la coulisse.)

ENNEMOND, *en dehors.*

Par ici, mon jeune héros, mon vieux camarade...

(Luigi entrant.)

LE GÉNÉRAL.

Luigi !...

TOUS.

Luigi !... *(Luigi se précipite sur la main du général.)*

LUIGI.

Général !...

LE GÉNÉRAL. *

Pardonnez, Mademoiselle, Messieurs... *(A Luigi)*: Edgar..., mon fils ?

LUIGI.

Rassurez-vous, général, l'armée a été licenciée sous les murs de Bordeaux ; il est sur mes pas.

LOUISE.

Edgar !...

MAURICE.

De retour dans un pareil moment !

---

* (Tous, sauf Maurice, Louise, le général du Peyrat et Clémence, se retirent dans le fond). — Maurice, Ennemond, Claude, de Tournes, le général, Luigi, Jeanne, Vultéius, Clémence.

CLÉMENCE , *joignant les mains.*

Lui... , lui... , enfin ! !...

LOUISE , *qui l'a observée, court à elle , puis avec éclat.*

Lui ! c'était lui ! Oh ! je ne m'étais pas trompée !...

MAURICE.

Louise !...

LOUISE.

Je comprends tout...

TOUS.

Qu'avez-vous , Louise ?...

LOUISE , *changeant tout-à-coup de visage.*

Rien.... Messieurs , on nous attend au jardin !

VULTÉIUS.

Eh bien ! et les Débats de Folie et d'Amour ?

JEANNE.

Les Débats !... ajournés...

FIN DU PREMIER ACTE.

ACTE DEUXIÈME.

—

PREMIER TABLEAU.

Entre deux Amours.

—

Le théâtre représente une chambre simplement ornée, chez Edgar, des trophées d'armes suspendus aux murailles, etc. A gauche, une porte conduisant dans les appartements de l'hôtel du général, père d'Edgar. A droite, au premier plan, une fenêtre, une cheminée. Une autre fenêtre au troisième plan; porte au fond.

Pendant l'entr'acte, exécuté par l'orchestre, on entend des coups de canon; les cloches sonnent à toute volée. Des cris se font entendre : tout indique la fin d'une grande fête populaire. Ces bruits cessent peu à peu. Quelques minutes après le lever du rideau, on n'entend plus rien.

(Edgar entre par le fond en grand uniforme.)

SCÈNE PREMIÈRE.

EDGAR *seul.*

Enfin, je suis seul... J'ai cru que cette fête ne finirait plus... ; j'ai cru que je ne pourrais jamais sortir de cette multitude qui s'étend en bourdonnant, comme un torrent déchaîné, dans toutes les rues de la ville. (*Il vient sur le devant, ouvre la fenêtre et regarde, pensif*) : Géant monstrueux, qu'on appelle le peuple et qu'on est toujours sûr... de retrouver là..., à la même place..., au premier

cri d'alarme..., comme au premier bruit de fête!.....
C'est, vrai Dieu! un spectacle imposant et sublime que
ces mille têtes qui se balancent, sombres ou folles, sous
le poids d'une même pensée..., ces mille voix qui rugis-
sent ou qui chantent..., ces mille bras qui applaudis-
sent ou qui menacent..., miroir le plus vrai, où se re-
flètent dans tous leurs contrastes les passions d'en haut...;
mer houleuse que le souffle de Dieu soulève et porte par-
fois, grondeuse et profonde, jusqu'au pied des trônes,
qu'elle ébranle ou qu'elle brise...; terrible dans la lutte,
docile après le triomphe, effrayant même dans la défaite...
Jamais, sur mon âme, je n'avais éprouvé, en te voyant,
d'aussi nombreuses émotions...; jamais, ô peuple, je
ne t'avais aimé comme maintenant! C'est qu'aujourd'hui
tu semblais prendre part à ma joie, à mon orgueil...;
c'est que tu te montrais fier aussi, toi, de cet enfant que
tes murs ont vu naître...; c'est qu'à la vue de ma noble
dame..., de Louise enfin..., dont le front rayonnait
d'une double auréole de beauté et de gloire..., tu semblas
t'adoucir et te taire...; c'est que, dans ce murmure flatteur qui l'accueillait partout sur son passage, j'écoutais
l'écho de mes plus douces pensées...; c'est que je fus
vraiment heureux en entendant ces mille voix, tout à
l'heure discordantes et railleuses, se fondre, à son approche, en une seule, suave et presque timide..., où l'on
retrouvait l'expression d'une même pensée, qui se lisait
déjà sur tous les fronts, dans tous les yeux. Tu bénis-
sais ton roi..., tu admirais Louise... Merci, peuple...,
merci... (*Il s'assied et rêve*). Pourquoi faut-il qu'un remords éternel vienne se joindre à mon bonheur!...
Louise! Clémence! Oh! c'est une étrange destinée que
la mienne... : toujours placé entre ces deux femmes, et
poursuivi de cette idée cruelle, que je ne puis trouver
un bonheur exempt de larmes ou de regrets... Et lors
même que Clémence ne serait pas là comme un obstacle
invincible..., aurais-je bien le droit de m'abandonner à
ces transports de joie?... Louise, ô douloureuse pensée!..
Louise ne doit-elle pas être la femme d'un autre?... Et cet
amour que j'ai pu croire partagé un jour.., qui, loin
d'elle, a grandi dans mon cœur, n'était-il pas peut-être

chez elle... un simple caprice, dont le souvenir est mort maintenant? (*Se levant*): Oh ! non, une pareille existence est plus longtemps impossible !... J'ai honte, sur mon âme, de cette vie de ruse et de duplicité qu'il faut m'imposer...; c'est un masque honteux qui me blesse !... A tout prix il faut que je voie Louise, que je lui parle, que j'entende de sa bouche l'aveu de son amour ou de son indifférence ! Et toi, Clémence, tendre sœur... aujourd'hui même je te désabuserai... : en aurai-je la force? Oh! oui..., tu sauras que toute la vie je te chérirai comme un frère, et tu te contenteras de ce seul sentiment que je puisse jamais éprouver pour toi !... Que vois-je ?... c'est elle !...

SCÈNE II.

CLÉMENCE, EDGAR.

CLÉMENCE, *surprise.*

Ah ! Monsieur Edgar..., pardon..., j'étais là avec votre père et Monsieur Maurice... qui m'ont ramenée de la fête... Nous ignorions votre retour..., et je vais... (*Elle va pour sortir.*)

EDGAR.

Clémence... (*à part*): que lui dire? ô mon Dieu ! (*haut*): pourquoi me fuir ?

CLÉMENCE, *revenant vivement ; avec mélancolie.*

Vous fuir, Edgar !... oh ! qui a pu faire naître en vous une pareille pensée ? elle est bien injuste... Oh ! mais, dites-moi..., le naufragé fuit-il le port? le malade fuit-il la vie ? Edgar..., et n'est-ce pas auprès de votre père, auprès de vous que j'ai trouvé mon seul appui ?... Sans famille, sans parents...

EDGAR, *à part.*

Oh ! le courage me manquera !

CLÉMENCE.

Je ne pouvais plus vivre , moi , sans cet ami sincère , sans ce frère dévoué... que vous êtes venu promettre à mon isolement... , sans ce compagnon de toute la vie, qui devait animer le désert que la mort avait fait autour de moi !... Si je vous fuyais , Edgar... , oh ! c'est qu'alors ce frère, cet ami, ce compagnon fidèle aurait manqué à ses promesses... et que je n'aurais pas le courage de le lui reprocher !...

EDGAR.

Clémence... (*à part*) : ô mon Dieu !

CLÉMENCE.

Oh ! mais cela n'est pas... , cela ne peut pas être...

EDGAR.

O Clémence ! Dieu sait que , s'il ne fallait que ma vie pour vous rendre heureuse... , je n'hésiterais pas à vous la sacrifier !

CLÉMENCE.

Tenez... , Edgar... , je n'avais pas provoqué cette rencontre... , mais j'en suis heureuse , et au fond de mon cœur je la désirais ardemment... Depuis longtemps... , bien avant votre départ, et sous un prétexte que je n'ai même pas voulu approfondir, on m'avait éloignée de vous... ; et cette séparation, Edgar, était pour moi une cause continuelle de regrets et de pleurs... Ah ! je me suis tu cependant... , j'ai souffert en silence... ; je vous avais donné mon cœur sans retour..., je vous aimais trop pour vous accuser.. , trop pour me plaindre !...

EDGAR , *avec entraînement.*

Pauvre Clémence !

CLÉMENCE.

Oh ! oui... , pauvre Clémence ! vous dites vrai , Edgar...: car cette confiance en vous que le doute ébranlait chaque jour..., j'en avais pourtant besoin pour vivre, comme du jour pour voir, comme de l'air pour respirer... O Edgar ! si je vous disais tout ce que cet éloignement avait fait naître en moi de tristes pressentiments et de sombres pensées !... Loin de vous, il me semblait que vous ne m'aimiez plus..., que vous en aimiez un autre peut-être..., et cette idée...

EDGAR.

Clémence !... (*à part*) : que dit-elle ?...

CLÉMENCE, *vivement*.

Folie..., n'est-ce pas ? vaines terreurs que tout cela ! Rien n'est changé en toi, Edgar... Oh ! je le sens là..., et auprès de toi mon cœur ne me tromperait pas... Oh ! c'est que, vois-tu, d'un aussi horrible supplice... je serais morte déjà.!...

EDGAR *avec désespoir*, *à part*.

Et c'est dans un pareil moment !...

CLÉMENCE.

Mais loin de nous ces tristes pensées !... Pardonne-moi, Edgar ; ces soupçons, ces craintes ne doivent plus être à tes yeux qu'une preuve de mon amour. Et maintenant, vois, je me sens rassurée, et je suis heureuse... Je t'aime.

EDGAR, *à part*.

C'est horrible, ce que je souffre ! et, quoi qu'il m'en coûte de briser les espérances de cet enfant... oh ! je le dois... Clémence, écoutez-moi...; c'est à genoux que je vous supplie de m'entendre.

CLÉMENCE, *vivement*.

Je ne veux rien savoir... Qu'importent quelques torts que je veux oublier..., que ton retour a effacés?...

SCÈNE III.

LES MÊMES, LE GÉNÉRAL, MAURICE.

(Sur ces derniers mots, le général et Maurice sont entrés. Ils ont vu Edgar à genoux, Clémence heureuse ; ils se serrent vivement la main et contemplent un instant ce tableau de près.)

LE GÉNÉRAL.

Maurice, mon ami, je suis heureux maintenant.

EDGAR, *à part.*

Et ne pouvoir les détromper, ô mon Dieu !... mon père, oh ! pas devant lui.

MAURICE*, *allant à Edgar.*

Bien, Edgar, bien, mon ami ! je savais que vous étiez un noble cœur, un loyal gentilhomme.

EDGAR.

Que voulez-vous dire ?

MAURICE.

Que je connaissais votre secret, Edgar ; que ce funeste amour qui vous aveuglait n'avait pu échapper aux regards de votre ami, de celui de Clémence !...

EDGAR.

Qu'entends-je ?

MAURICE.

Et que le plus beau jour de ma vie est celui qui vous ramène à ses genoux, qui vous rend à son amour.

---

* Le généra', Clémence, Maurice, Edgar.

EDGAR , *à part.*

Fatale erreur ! (*Haut*) : Quoi ! vous pouvez croire !...

MAURICE.

Silence , mon ami... , cet ange doit tout ignorer... De pareils secrets souillent l'âme et la flétrissent , car c'est la haine qu'ils font germer au fond du cœur.

EDGAR.

Que faire ? ô mon Dieu !

LE GÉNÉRAL.

Clémence , ma fille !

CLÉMENCE.

Mon père ! oh ! qu'il est doux pour moi de vous donner ce nom !

LE GÉNÉRAL.

Et ce nom que ton cœur me donne , bientôt j'aurai le droit de le réclamer, Clémence.

EDGAR.

O ciel ! que voulez-vous dire ?

LE GÉNÉRAL.

Que je ne veux pas retarder plus longtemps votre bonheur, mes enfants...

EDGAR.

Oh ! c'est un rêve !

LE GÉNÉRAL.

Que votre impatience est juste.... et que cette union qui faisait tout l'espoir , tout le bonheur de mes vieux jours... , ne saurait rapprocher deux cœurs mieux faits l'un pour l'autre.

MAURICE.

Ma tâche est accomplie maintenant.

EDGAR, *avec désespoir.*

Ah !

LE GÉNÉRAL.

Edgar, voilà ta femme.

LUIGI, *qui est entré.*

Qu'entends-je ?

EDGAR.

Ma fem.....

SCÈNE IV.

LES MÊMES, LUIGI *s'avançant.*

Capitaine, un cavalier demande à vous entretenir seul.

LE GÉNÉRAL.

Venez, Clémence..., venez, mon vieil ami... (*à Clémence*) : Respectons les secrets de ton futur seigneur et maître. (*Ils sortent.*)

EDGAR.

Luigi, fais entrer.

SCÈNE V.

EDGAR *seul.*

Ton seigneur et maître ! Oh ! jamais, pauvre enfant, je ne te ferai une vie aussi malheureuse..., jamais je ne t'associerai à cet enfer...

SCÈNE VI.

EDGAR, HENRI *sur le seuil.*

EDGAR, *se retournant.*

Le roi !

HENRI.

Silence..., capitaine...

EDGAR.

Quoi ! sire, Votre Majesté dans ma demeure !

HENRI.

Par la mort-Dieu ! capitaine, regardez-moi... Cet habit vous dit assez que ce n'est pas le roi, mais l'ami qui vient vous visiter...

EDGAR.

Que voulez-vous dire ?

HENRI, *lui remettant un papier.*

Lisez, capitaine.

HENRI, *venant s'asseoir sur le devant.*

Comme le plus humble de leurs sujets, les rois ont aussi leur mystère douloureux ; et, qu'il soit caché par la bure ou la pourpre, le cœur n'en saigne pas moins pour cela.

EDGAR.

Qu'ai-je vu ? quoi !

HENRI.

Oui, vrai Dieu ! on ne se donne même plus la peine de feindre avec moi !... on me menace tout haut..., on veut éloigner de moi celle que j'aime, celle que mon cœur eût fait reine de France, si ce cœur était compté pour quelque chose dans un mariage de roi..., ma Diane adorée! Vive Dieu! je reconnais bien là la main de Madame de Médicis, caressant celui-ci qu'elle déteste..., flattant l'orgueil de celui-là qu'elle méprise... Rien ne lui a coûté pour se faire une cour nouvelle au milieu de ma cour !.... Et, vive Dieu! Madame, nous n'avons que faire de tout ce bagage de cauteleuse politique que vous avez apporté de votre Italie, et auquel, sur mon âme, vous plierez difficilement la loyauté et la droiture des chevaliers de François Ier. Le danger était imminent... Enchaîné loin d'elle, je frémissais à cette pensée qu'en ce moment ma Diane bien-aimée était exposée seule et sans défense aux intrigues d'ennemis puissants et sans pitié... Ce fut alors que, portant mes regards autour de moi, je cherchai au milieu de cette cour qui m'entou rait...

EDGAR.

Eh bien ?

HENRI.

Tous ces visages mentaient..., tous ces cœurs étaient vendus...; pas un ami, pas un de ceux que ma faveur royale avait élevés, et sur qui je puisse compter à l'heure du dévouement : alors, capitaine, je me suis souvenu de Perpignan.

EDGAR.

Quoi ! Sire...

HENRI.

Et je suis venu à vous ; car, avant que vous eussiez pu venir jusqu'à moi, un crime eût été consommé peut-être ! Vous partirez, capitaine.

EDGAR, *frappé.*

Partir !

HENRI.

Vous veillerez sur elle..., vous aiderez à triompher de ces factions hardies qui, s'abritant sous le manteau d'une religion qu'ils souillent et déshonorent, ne reculent plus devant aucun moyen de m'isoler, de la perdre !... Et, vive Dieu ! si je les laissais faire, ils ne me laisseraient bientôt plus un lambeau d'autorité royale... Qui sait où ils s'arrêteraient..., ces Guise surtout, que, malgré les prudentes exhortations de mon père, j'ai dû rappeler au pouvoir..., et qui, ligués avec Catherine, m'envient même l'amour de mon peuple ?... Par saint Henri mon patron, c'est bien assez, Messeigneurs, de vous disputer au pied de mon trône, si tel est votre bon plaisir, un coin du manteau royal que je vous ai abandonné..... Sur mon âme, n'essayez pas d'en franchir la première marche.. Par notre Dame, ce pas serait mortel. (*A Edgar, très agité et lui serrant la main*) : Vous partirez aujourd'hui, ce soir même.

EDGAR.

Partir ! oh ! c'est le Ciel qui a pitié de moi.

HENRI.

Oui, capitaine, et, quelque grand que soit le sacrifice que j'exige de vous, vous l'accomplirez pour moi, pour votre roi, pour votre ami...

EDGAR.

Sire, aujourd'hui, comme toujours, j'accomplirai avec bonheur les ordres de Votre Majesté.

HENRI.

Non, pas des ordres, mon ami.

EDGAR.

Ah ! Sire, quel que soit le nom que vous vouliez donner à cette nouvelle preuve de votre royale confiance, je suis heureux et fier d'avoir été choisi pour un semblable message... Et d'ailleurs, Sire, dans cet empressement à quitter le pays, il y a peut-être encore une autre cause que le juste orgueil de la mission que Votre Majesté m'a confiée...

HENRI.

Que voulez-vous dire, capitaine ?

EDGAR.

Je dis, Sire, que, comme un envoyé de Dieu, votre présence si inespérée est venue m'arracher à une scène déchirante.

HENRI.

Vous aussi, Edgar !

EDGAR.

Oh ! moi, je me sens plus fort maintenant ; le choix dont vous m'avez honoré, Sire, a ranimé mon courage qui m'avait abandonné.

HENRI.

Partez donc, mon ami..., partez... ; la guerre approche..., les haines religieuses fermentent de toutes parts... Bientôt, peut-être, vous irez encore une fois, comme à Perpignan, exposer glorieusement votre vie pour la France et pour Dieu... Profitez donc du temps qui vous reste... ; sauvez-les, capitaine..., sauvez-nous.

EDGAR.

Dieu aidant, cela sera, Sire.

HENRI.

Adieu, mon ami, le serviteur dévoué qui m'a remis cette lettre vous accompagnera et vous remettra mes dernières instructions... (*Ils sortent.*)

SCÈNE VII.

LUIGI *seul*, *puis* VULTÉIUS.

LUIGI, *entrant vivement par la gauche et allant droit à
la fenêtre du troisième plan.*

Oh ! mais, je ne me suis pas trompé..., et sous ce dé-
guisement j'ai bien reconnu le roi Henri II, ici, sous
l'habit d'un cavalier... : c'est étrange !

SCÈNE VIII.

VULTÉIUS, LUIGI.

VULTÉIUS *entre à reculons en saluant à la cantonade.*

Ah ! Sire..., croyez, prince. (*Il a fait trois ou quatre
pas et est resté incliné un moment. Il se retire, regarde,
court à la porte, et se retournant*) : Le roi ! le roi ici,
incognito !... Quel mystère ! n'importe, respectons-le...,
les Muses n'ont rien à faire là... (*Voyant Luigi*) : Hé !
l'ami !... il paraît bien absorbé... ; il ne m'entend pas...
hé ! c'est ce cher Luigi... Dites-moi donc, mon jeune
guerrier... Sapristi ! quel air martial !... Dites-moi donc,
le général du Peyrat est-il chez lui ?

LUIGI.

Il vient d'y rentrer avec Monsieur Maurice... et Mademoiselle de Bourges.

VULTÉIUS.

Ah ! ah! ce cher échevin est là ! Tant mieux ! j'ai hâte
de le complimenter. Et puis je ne suis pas fâché de voir
ce que vous penserez, Monsieur le poète, d'une certaine

5

petite satire que les événements de cette journée nous ont inspirée... ; et quoique ce soit en français... , ça me paraît assez... , surtout les premiers vers. (*Ils se dirigent chez le général en la lisant*) :

> Près du roi chevauchoit moult ornée et brillante
> Une femme au regard dédaigneux et hautain...
> La reine Catherine... ; et la foule tremblante...

C'est fort , c'est énergique. (*Il s'arrête , secoue la tête et ajoute en s'en allant*) : C'est égal , ça serait beaucoup mieux si c'était en latin.

SCÈNE IX.

EDGAR , LUIGI.

EDGAR , *entrant.*

Pas une minute à perdre... C'est toi, Luigi... , écoute... : tu te procureras , pour ce soir onze heures , des chevaux de poste. Je quitte Lyon ce soir même.

LUIGI.

Quoi ! capitaine...

EDGAR.

Tu m'accompagneras , Luigi ; occupe-toi donc des préparatifs de notre départ , et cela sans retard.

LUIGI.

Oui , capitaine ! (*A part*) : Quel air triste !

EDGAR.

Et surtout le plus secrètement possible.

LUIGI.

Comptez sur ma discrétion, capitaine , comme sur mon dévouement. (*A part*) : Pauvre Edgar... , comme il a l'air de souffrir aussi !

SCÈNE X.

EDGAR *seul.*

Partir !... J'ai saisi avec avidité cette chance de salut,
la seule qui me restait !... Mais, depuis un moment, une
autre pensée me poursuit..., et je n'ai fait, je crois, que
changer de tortures... Ce doute..., ce doute affreux qui
me ronge... et qu'il faudra m'éloigner sans avoir pu
éclaircir encore, est plus amer et plus douloureux maintenant que je l'ai revue. Oh ! je le sens, je n'aurai point ce
courage... ; un tel effort est au-dessus de moi !... et d'ailleurs, qu'importent quelques minutes de retard ?... Ce
soir, tout à l'heure, à l'instant, je veux la voir, lui
avouer mon amour..., sortir enfin de cet affreux tour-
ment qui trouble ma raison et me met en délire... Non...,
rien ne peut plus me retenir. (*Extrêmement agité*) : Le
monde !... je le brave...; les obstacles !... si je ne puis
les franchir..., je les briserai... L'impossible !... , eh
bien ! je le ferai, s'il le faut... Mais ce soir je connaî-
trai mon sort...; ce soir, Louise, je serai fou de bonheur,
ou le désespoir m'aura tué... (*Il sort violemment.*)

SCÈNE XI.

LUIGI *entre pâle et agité.*

Où court-il ainsi ? Ah ! je l'avais deviné, rien qu'au
feu qui circule dans mes veines, rien qu'aux battements
furieux de mes artères !... La revoir encore une fois, et
puis mourir !... Oh ! tais-toi, mon cœur..., tais-toi.. ; funeste passion..., qui ferait naître en moi des pensées de
jalousie et de haine envers le bienfaiteur qui me releva
sanglant et désespéré sur le champ de bataille..., qui
ferma les yeux de mon pauvre père..., qui serra le der-

nier sa main ! Oh ! Louise, Louise ! il y a des instants où je doute... si tu n'es pas un démon attaché à perdre mon âme ! !...

SCÈNE XII.

CLÉMENCE, *entrant vivement par la porte de gauche, suivie de Vultéius.*

Venez vite, mon bon Monsieur Vultéius.

VULTÉIUS.

Me voilà, belle Clémence.

CLÉMENCE.

Puisque vous êtes assez aimable pour vouloir bien m'accompagner...

VULTÉIUS.

Vive Dieu ! Clémence..., si je vous accompagnerai !... (*A part*) : O moment plein de charmes !

CLÉMENCE, *sur le devant de la scène.*

Cette bonne Louise, qui a si vivement pris part hier à toutes mes douloureuses confidences..., oh ! je lui dois bien la première nouvelle de mon bonheur !... et je m'en voudrais de la laisser jusqu'à demain... avec la pensée de ma souffrance..., quand le calme et la joie viennent de renaître en moi !... Venez, courons, Monsieur Vultéins.

VULTÉIUS.

Je suis à vos ordres... (*A part*) : Un tête-à-tête... à cette heure ! ô trouble inexprimable !... lorsque l'astre des nuits au firmament rayonne : le bonheur me donnera des ailes. (*Il va pour offrir sa main à Clémence qui est déjà partie, et s'élance à sa suite.*)

LUIGI *au fond.*

Qu'ai-je entendu ? c'est chez Louise qu'ils vont à cette heure !... Edgar... , le malheureux !... ils sont perdus ! Oh ! je les sauverai à tout prix... Edgar... , c'est ma dette envers toi que j'acquitte aujourd'hui. (*Il ressort à gauche avec une échelle, une épée , se précipite à droite et descend par la fenêtre en disant*) : J'arriverai avant eux.

FIN DU PREMIER TABLEAU.

ACTE DEUXIÈME.

—

DEUXIÈME TABLEAU.

Le Dévouement.

—

SCÈNE PREMIÈRE.

LOUISE , CLAUDE.

(Louise étendue dans un fauteuil en grand habit de fête (blanc), une couronne de laurier sur la tête ; le chevalier de Taillemont debout près d'elle.)

CLAUDE. *

Par saint Georges ! belle Louise…, on me le donnerait en mille… que je renoncerais à découvrir le motif d'une résolution aussi surprenante… et qui, sur mon âme , serait capable de mettre en défaut toute la science de maître Jehan lui-même…, ce roi des astrologues et des bohémiens…, ce prodige à la mode, devant qui les savants de la terre courbent leur front humilié… Et quitter ainsi brusquement une fête où tous les hommes vous admiraient…, où toutes les femmes vous enviaient…, où vous étiez , vrai Dieu ! plus reine que la Médicis elle-même , pour venir vous enfermer ici…, seule…, loin d'une foule qui vous cherche et s'étonne de ne plus vous voir !… En vérité , Louise…, depuis hier je ne vous reconnais plus.

* Claude , Louise.

LOUISE.

Mon ami, si vous aviez pu voir tout ce qui s'est passé depuis hier au fond de mon cœur, c'est là que vous auriez trouvé un changement plus grand encore..., et ces habits de fête vous paraîtraient certes, comme à moi, une amère et cruelle dérision.

CLAUDE.

Par saint Claude mon patron !..., un tel langage dans votre bouche a lieu de me surprendre ; et s'il était vrai... que le vent du malheur ait soufflé sur votre âme..., ah ! Louise, je vous en voudrais bien plus encore de n'avoir pas songé plus tôt à vos amis.

LOUISE, *avec bonté*.

Tout à l'heure, chevalier, vous me faisiez un reproche que j'étais loin de mériter, ce me semble...

CLAUDE.

Que voulez-vous dire ?

LOUISE.

Que j'aurais dû me souvenir davantage quels charmes, quels délices il y a pour l'auteur dans la contemplation de son œuvre... ; et si c'est une faiblesse..., mon Dieu ! pourquoi en rougirait-on ? n'est-elle pas commune à tous?... Mais les nouvelles dignités de M. Ennemond ne me permettaient pas de l'aborder..., et j'ai dû avoir recours à vous...

CLAUDE.

Vive Dieu ! Louise, et je vous en remercie... Par saint Georges ! combien m'ont envié ce choix ! combien, s'ils eussent osé, m'auraient disputé ce bonheur !

LOUISE.

Je sais, Monsieur de Taillemont, que vous êtes aussi modeste que brave..., et je vois que tout cela n'est rien encore auprès du zèle que vous mettez à défendre vos amis.

CLAUDE , *avec un peu d'amour.*

Et moi , Louise , je sais que quand on est assez heureux pour s'entendre donner un titre aussi cher par une femme telle que vous , et que cette femme souffre , ah ! on n'a plus au cœur qu'une seule pensée, celle de la douleur... ; un seul désir... , celui de se dévouer pour elle.

LOUISE.

Merci , mon ami , merci ; le temps seul peut quelque chose dans ce que je souffre. (*Se levant*) : Mais c'est assez vous retenir, chevalier ; retournez prendre aussi votre part aux réjouissances de tous : le malheur est contagieux, la tristesse se gagne vite... , et...

CLAUDE.

Oh ! Louise , pouvez-vous ?...

LOUISE.

Je vous en prie , chevalier... , au besoin, je le veux... (*Le chevalier s'incline, Louise lui tend vivement la main.*)

CLAUDE.

Adieu donc , Louise... , adieu !... ; mais , si le besoin se faisait jamais sentir à vous , d'un cœur dévoué, d'un homme prêt à se sacrifier avec bonheur, souvenez-vous de moi... Adieu , Louise... , adieu !!! (*Il sort.*)

SCÈNE II.

LOUISE *seule.*

Pars , noble cœur !... pars , glorieux compagnon des plus belles années d'une jeunesse... , aujourd'hui flétrie sans retour... Que de souvenirs s'éveillant dans mon âme à la voix de cet homme apparaissent tour à tour à mon esprit, mornes débris des illusions d'un autre âge !... Oh !

qu'êtes-vous devenus, rêves délicieux de bonheur et d'a-
mour... , éclos sous la tente guerrière , aux mille bruits
du champ de bataille... , mirages séduisants contre lesquels l'armure du capitaine était impuissante à défendre
le cœur égaré de la jeune fille?... Hélas ! qu'ils sont loin
de moi ces temps d'une naïve et sainte poésie ! Au lieu
du casque guerrier... , le laurier du poète se dessèche et
se fane sur mon front brûlant... Au lieu de cette gloire
des camps, qui ne se discute point et qui brille d'elle-
même...', une gloire amère, lente à conquérir, et dont le
reflet tardif n'illumine souvent que la tombe de celui
qu'elle a tué ! !... Ah ! mais loin de moi ces tristes pensées,
regrets inutiles et contre lesquels seraient impuissants
peut-être tout le courage qui me reste ! Pauvre Clémence !
comme elle a dû souffrir aussi ! et que la jalousie est chose
terrible quand elle doit se nourrir aux dépens de l'amitié !
Oh ! oui , pour toi , amie , pour toi je serai forte... ; je
le veux , je le dois ! je surmonterai cette fatale passion...
Clémence, pauvre enfant, qui venait, ange de candeur
et d'amicale tendresse, découvrir à mes yeux les plaies
saignantes de son cœur, chercher auprès de moi infidèle
amie un remède aux maux dont j'étais la cause... (*Avec
éclat*): C'est que je ne voyais rien, dans mon aveugle-
ment funeste... , tout ce qui peut vivre au cœur d'un
homme de nobles sentiments, de généreux instincts... ,
tout ce qui peut faire plus sainte et plus pure l'âme de
la jeune fille... ; j'aurai flétri, j'aurai brisé tout cela !
Ennemond ! Clémence ! ah ! c'était trop de ces deux vic-
times, et mon amour a été vaincu... (*Elle tombe assise*):
Qui vient ici ?... Edgar...

SCÈNE III.

LOUISE , EDGAR.

EDGAR.

Seule... enfin !

LOUISE, *à part.*

Que vient-il faire ? (*Moment de silence.*)

EDGAR.

Pardonnez-moi, Mademoiselle , une aussi brusque ap-
parition, qui a tout lieu de vous surprendre, mais que
peut-être vous voudrez bien excuser quand vous en connaîtrez le motif.

LOUISE.

Mais…, en effet…, M. Ennemond est encore absent,
et je ne sais…

EDGAR , *à part et la main sur le cœur.*

J'ai peine à retenir les battements de mon cœur… :
crainte ou remords…, je succombe à l'émotion que
j'éprouve.

LOUISE , *agitée.*

Mais, qu'avez-vous…, M. Edgar ? parlez ; je tremble
que quelque malheur…

EDGAR , *vivement.*

Rassurez-vous, Mademoiselle… ; cette émotion, que
je n'ai pu dissimuler, vous paraîtra, je l'espère, une
chose toute simple…, quand vous saurez que ce jour,
commencé si heureusement pour moi, va s'achever loin
d'ici, loin de tout ce qui m'est cher…, que cette heure
qui s'écoule est la dernière peut-être où il me sera permis de vous voir…, de vous entendre !…

LOUISE , *de même.*

Monsieur Edgar, expliquez-vous, de grâce !

EDGAR . *avec entraînement.*

Oh ! demandez-moi toute autre chose que des explica-
tions… ; je ne sais plus, voyez-vous…, j'ai la tête perdue…,
et tout ce qui se passe autour de moi est si étrange… que

je doute encore si c'est rêve ou existence... Oh ! pardonnez-moi, Louise, de vous parler ainsi...; mais je ne me souviens plus que d'une chose maintenant... : c'est que tout à l'heure je revenais d'une fête, heureux et riche de joyeux souvenirs et de douces pensées..., souriant déjà, comme l'avare sourit à son or, aux trésors d'espérance et de bonheur que j'enfermais au fond de mon cœur...; puis je ne sais plus ce qui s'est passé..., mais tout-à-coup cet horizon s'est assombri, épais et lugubre autour de moi; et depuis ce temps chaque minute qui s'envole emporte à mon âme flétrie un débris de son beau rêve..., comme à la fleur des champs chaque brise du soir emporte une feuille, comme aux épaules du supplicié chaque coup de fonet du bourreau arrache un lambeau d'existence.

LOUISE, *à part.*

O ciel !

EDGAR.

Et cependant, Louise, tout ce qui m'accable depuis une heure d'imprévues et de mortelles atteintes, tout cela n'est rien encore auprès de ce qui m'attend ici peut-être !

LOUISE, *à part.*

Je tremble de comprendre... (*Haut*) : Que signifie ?...

EDGAR, *avec impétuosité.*

Cela signifie, Louise, que c'est trop longtemps garder un secret qui ne peut plus vivre en moi, même aux dépens d'une vie qui ne m'appartient plus ; cela signifie... que quand le lutteur tombe de faiblesse et se traîne, la lutte est devenue impossible; cela signifie, Louise... (*tombant à genoux*), que je n'ai jamais senti qu'au moment de te perdre combien je t'aimais.

LOUISE, *avec un cri, comme pour se précipiter vers lui.*

Edgar !... (*puis s'arrêtant tout-à-coup*) : Monsieur, de grâce, relevez-vous...

EDGAR.

Non, pas avant que ta main ne se soit jointe à la mienne en signe de pardon, ou ne m'ait porté au cœur ce dernier coup.

LOUISE.

Par pitié, Edgar..., arrêtez!... Vous êtes coupable en prononçant de telles paroles, comme moi en les écoutant...

EDGAR, *avec une amère ironie.*

Je suis bien coupable, en effet, d'avoir pu oublier un instant le but de ma visite... C'est une distraction, sur mon âme, que ne me pardonnerait pas volontiers Monsieur Ennemond...

LOUISE.

Arrêtez!... cet homme a droit à toute mon estime, à tout mon respect.

EDGAR.

Du respect!... de l'estime!... Oh! j'attendais mieux de vous..., et je vous croyais assez de générosité pour m'épargner!... Du respect, de l'estime!... est-ce qu'un cœur comme le vôtre peut vivre de pareils sentiments? Tenez, Louise, je ne sais si ces paroles contiennent ou non l'espoir qui vient encore de surgir, malgré moi, au fond de mon cœur...; tout ce que je sais, c'est qu'il est plus généreux au vainqueur de tuer d'un seul coup sa victime que de laisser le poignard hésiter dans la blessure..., fût-ce la pitié qui retienne son bras!... (*Suppliant*) : Par pitié, Louise, achève-moi d'une seule parole de mépris, ou dis-moi que je ne m'étais pas trompé...; dis-moi que tu connaissais mon amour, que ton cœur y répondait. Oh! hâte-toi, Louise, car ces instants qui furent rapides et pleins de nos douloureuses prières..., ces instants, je les vole à mon devoir qui me crie de partir, je les vole à mon roi menacé dans son bonheur et qui s'est reposé sur moi du soin de le défendre... Cet aveu dont j'ai besoin, que j'invoque avec larmes,

c'est à un homme qui s'éloigne de toi pour toujours,
peut-être, que tu vas le faire..., presque à un mourant...,
presque à une tombe...

LOUISE, *poussant un cri.*

Edgar !... vous êtes sans pitié... ; mais regardez-moi
donc, Monsieur, ne voyez-vous pas que je me soutiens à
peine ?

EDGAR.

Grand Dieu ! Louise !

LOUISE.

Edgar !

EDGAR.

Ah ! (*Il s'élance et reçoit Louise dans ses bras*) : Oh !
pardon, Louise !... pitié !...

LOUISE.

Il faut que vous soyez bien cruel ou bien aveugle,
Edgar... : il y a une heure que je suis là, toute pâle et
tremblante ! que la sueur au front, la torture au cœur,
mes lèvres glacées essaient en vain de prononcer une parole, et il y a une heure que moi, presque la femme d'un
autre, j'écoute, clouée à cette place, des paroles d'a-
mour, dont chacune marque d'une tache ineffaçable
ma blanche robe d'épousée... ; et celui qui cause ce supplice est là, est là près de moi, qui ne le comprend
pas, et qui m'accable encore de ses reproches amers...

EDGAR.

Oh ! pitié, Louise, grâce pour un pauvre fou !

LOUISE.

Pauvre fou, en effet..., qui a des yeux pour ne point
voir !... Si je t'aime ! oh ! mais, mille fois plus que ma
vie, chère âme, plus que mon salut, plus que mon honneur, je vous aime, mon beau gentilhomme !... Oh !

mais , que vous faut-il de plus?... Edgar, à votre tour ,
partez... ; par pitié , partez donc...

EDGAR.

Partir! ah! Louise !... J'ai un instant de joie , un éclair
de bonheur dans ma nuit sombre , et c'est toi qui m'é-
veilles !... c'était le ciel que je contemplais dans ton lim-
pide et pur regard..., et c'est toi qui me ramènes aux
tristes champs de la réalité... Oui , partir !... partir !...
c'est-à-dire quitter le bonheur de la vie ! te perdre..., toi,
ton amour, peut-être ! Oh ! qui est-ce qui a dit que je devais partir? est-ce que cela se peut ? oh ! non , non , je
ne pars pas , Louise... ; vois , je reste auprès de toi... ,
auprès de toi toujours...

LOUISE.

Que dis-tu ?...

EDGAR.

Oh! viens là, ma Louise bien-aimée ; mets-toi là... ;
moi à tes pieds..., c'est là ma place...; ta main dans
la mienne..., non, sur mon cœur... , sur mes lèvres...

LOUISE.

Mon Edgar !

EDGAR.

Oh! oui , ton Edgar... , bien à toi... : âme et vie , je
donnerais tout avec bonheur, ma Louise tant aimée...
Que vous êtes belle ainsi !... Oh ! tais-toi, tais-toi...; pourquoi parler? que peux-tu avoir à me dire ?... Tu m'aimes,
n'est-ce pas ?...

LOUISE.

Votre cœur est donc heureux , mon beau gentilhomme?

EDGAR.

Oh ! oui.. , rien ne manque à ce doux rêve.

LOUISE.

Ne dites pas cela, Edgar ; cela porte malheur !...

EDGAR.

Une félicité pareille, Dieu même la respecterait.

(*A ce moment, une pierre lancée par la fenêtre tombe à leurs pieds.*)

LOUISE. (*Ils se lèvent.*)

Ah !

EDGAR.

Qu'est cela ? un papier !...

LOUISE.

J'ai peur..., vois..., lis.

EDGAR.

De Luigi... (*Lisant*) : « Pardonnez-moi, capitaine, je n'ai que ce moyen pour vous dire : Fuyez, on est sur vos pas... » Noble enfant !...

LOUISE.

O ciel !...

CLÉMENCE, *en dehors.*

Louise, Louise !...

LOUISE.

Clémence ! ah...

EDGAR.

Grand Dieu ! où fuir..., où me cacher ?

LOUISE, *le poussant dans la chambre à droite, dans le plus grand trouble.*

Là, là... O mon Dieu !...

SCÈNE IV.

LOUISE, CLÉMENCE.

CLÉMENCE. *

Enfin je te trouve, ma bonne Louise...; mais laisse-moi d'abord respirer un instant. (*Elle s'assied sur le sopha où Edgar a laissé sa toque.*)

LOUISE, *voyant la toque.*

Grand Dieu !...

CLÉMENCE.

J'ai couru comme une folle ! Si tu savais, Louise...

LOUISE, *à part.*

Sa joie m'épouvante... (*Haut*) : Parle !... (*Elle jette des regards inquiets vers la porte et la toque.*)

CLÉMENCE.

Oui, tu disais bien hier, Louise : un cœur comme le sien était incapable de trahir mon amour !

LOUISE, *à part.*

O ciel ! *Haut*) : Que veux-tu dire ?...

CLÉMENCE.

Que j'étais bien injuste en l'accusant, que jamais il n'a cessé de m'aimer.

LOUISE.

Lui !

CLÉMENCE, *se levant.*

Oh ! je ne doute plus maintenant, et j'étais si heu-

---

* Clémence, Louise.

reuse, vois-tu, que rien n'a pu m'arrêter, et que j'ai couru en toute hâte pour venir te l'annoncer et pour te dire...

LOUISE.

Quoi donc ?

CLÉMENCE.

Une nouvelle qui te rendra aussi heureuse que moi, j'en suis sûre, ma bonne Louise.

LOUISE, *à part.*

Je frémis !

CLÉMENCE.

Oui, mon amie..., mon rêve doré va s'accomplir... Enfin..., cette union qui doit à jamais assurer mon bonheur...

LOUISE.

Eh bien !...

CLÉMENCE.

Avant un mois...

LOUISE.

Achève.

CLÉMENCE.

Je serai la femme d'Edgar.

LOUISE, *à part.*

Sa femme !... O douleur ! (*Haut*) : Eh quoi ! ses torts, cet abandon dont tu te plaignais si amèrement...

CLÉMENCE.

Ah ! c'est à genoux qu'il me suppliait de les oublier..., je n' y songe plus.

6

LOUISE , *très agitée.*

Et cette union qui doit faire ton bonheur... devait aussi combler ses vœux les plus chers , n'est-ce pas ?...

CLÉMENCE.

Oh ! oui , son trouble me le disait assez , Louise.

LOUISE.

C'était une fidélité , un amour éternel , n'est-ce pas , qu'il te jurait alors ?

CLÉMENCE.

Je le lisais dans ses regards.

LOUISE , *avec une rage concentrée.*

Ses regards mentaient comme lui.

CLÉMENCE.

Que dis-tu ?

LOUISE , *avec éclat.*

Je te dis qu'il mentait, le lâche... ; et au moment où tu te livrais , pauvre enfant, sans défiance , au fol espoir dont il avait bercé ton cœur, il allait répéter aux pieds d'une autre femme les serments qu'il t'avait faits.

CLÉMENCE.

Une autre femme ! oh ! c'est impossible... Mon Dieu ! quoi !... ses regrets...

LOUISE.

Mensonge !

CLÉMENCE.

Son repentir.

LOUISE.

Mensonge !

CLÉMENCE.

Ses larmes.

LOUISE.

Mensonge, imposture que tout cela ! et la preuve...
(*Elle se dirige vers la porte et s'arréte.*)

CLÉMENCE.

La preuve !

LOUISE, *à part.*

Malheureuse ! qu'allais-je faire ?

CLÉMENCE, *poussant un cri.*

Ah ! la preuve !... achève, Louise, il le faut maintenant... (*Voyant la toque*) : Grand Dieu !... (*Elle fixe
Louise avec éclat*) : La preuve..., ah ! c'est que vous me
trompiez ensemble ! ! !...

LOUISE.

O ciel !

CLÉMENCE, *suivant ses regards.*

Et lui..., lui... , là ! là ! n'est-ce pas ? Ah ! je sens que
j'en mourrai... (*Elle chancelle.*)

LOUISE.

Clémence !

CLÉMENCE.

Ah ! laissez-moi.

SCÈNE V.

EDGAR , CLÉMENCE , ENNEMOND , LOUISE , LUIGI.

EDGAR , *sortant du cabinet.*

Oh ! c'est trop souffrir d'un mépris injuste... Clémence,
par pitié , écoutez-moi.

CLÉMENCE.

Ah ! ne m'approchez pas ! (*A part*) : Trahie par eux...
O mon Dieu ! que je souffre !

ENNEMOND , *en dehors.*

Je vous dis , mon cher Vultéius , que c'est l'histoire la
plus divertissante. (*Il rit.*)

TOUS.

Ah !...

EDGAR.

Ennemond ! Oh ! c'est l'enfer qui s'acharne après moi !

LOUISE.

O mon Dieu !... je l'entends , il est là.

EDGAR.

Que faire ?...

LOUISE.

Fuyez !...

CLÉMENCE.

Ennemond !... (*poussant un cri*) : Ah ! épargnez au
moins celui-là ! (*Elle pousse Edgar dans la chambre ,
ferme la porte et tombe raide.*)

ENNEMOND, *ouvrant avec Vultéius.*

Grand Dieu !

LUIGI, *à la fenêtre.*

Malédiction !... c'était trop tard.

LOUISE.

Ennemond, Clémence, je connais mon devoir.

FIN DU DEUXIÈME TABLEAU.

ACTE TROISIÈME.

—

QUATRIÈME TABLEAU.

Clémence de Bourges.

—

Le théâtre représente un parc : au premier plan, pavillon ; au second plan, à droite, un bosquet où l'on puisse se cacher. Entrée par le fond et de côté.

SCÈNE PREMIÈRE.

EDGAR, LUIGI.

EDGAR.

Tu es sûr, Luigi, que tout le monde ignore notre arrivée et que personne ne soupçonne notre présence en ces lieux ?

LUIGI.

Tous vos ordres ont été ponctuellement exécutés ; je vous avais devancé, ainsi que vous me l'aviez dit, à l'effet de m'informer de la demeure de la noble demoiselle de Bourges. Je n'eus pas de peine à trouver, et bien moins encore à m'introduire dans la place ; il ne me restait plus, pour suivre vos instructions, que de savoir ce que faisait Mademoiselle Clémence et de vous faire entrer.

EDGAR.

Pauvre Clémence !...

LUIGI.

Oui, pauvre Clémence ! car elle est en ce moment dangereusement malade sous la garde d'un de ses amis, Monsieur Maurice... (*Edgar est mélancolique, ce n'est que quand Luigi lui dit :* ORDRE, *qu'il relève la tête.*) Maintenant, capitaine, qu'il a été fait ainsi que vous le désiriez, parlez, j'attends vos ordres.

EDGAR.

C'est bien, Luigi, je suis content de toi, noble enfant... Oh ! je ne m'étais pas trompé lorsque, te rencontrant aux champs de l'Italie où enfant tu te battais comme un homme, je devinais que dans ton âme jeune et ardente il y avait de la bravoure et de la fidélité ; et, depuis justifiant ma pensée, serviteur fidèle et discret, compagnon brave et dévoué, tu t'es attaché à ma fortune sans en calculer les périls : au premier signe, tu étais toujours là, surmontant les dangers et les fatigues. Oh ! Luigi, merci ; puissé-je un jour te récompenser ainsi que tu le mérites!... (*Edgar donne sa main à Luigi, que ce dernier baise avec transport.*)

LUIGI, *ému et s'animant.*

O mon maître ! la plus belle récompense que j'ambitionne, c'est de mourir pour vous : ce sera alors le plus beau jour de ma vie.

EDGAR.

C'est bien..., mais descends, tu prendras nos chevaux ; tu les conduiras à Vaise, au logis de la Pyramide, chez maître Jean l'hôtelier ; tu lui diras que tu viens de ma part... ; tu remettras en passant cette lettre chez le général, et tu viendras me rejoindre ici.

LUIGI.

Ce sera fait, capitaine.

EDGAR.

Et surtout..., silence et discrétion !

LUIGI.

Comptez sur moi... (*Il sort.*)

SCÈNE II.

EDGAR *seul.*

Enfin m'y voilà... ; elle est là, je n'ai que quelques pas à faire pour la voir... ; un faible espace me sépare d'elle, et je n'ose le franchir : qui donc m'arrête?... C'est que là, sur le seuil de cette demeure, le remords m'apparaît, me montrant la victime de mes serments... C'est qu'entre Clémence et moi il y a le parjure... ; c'est que là gît, sur le lit de la mort, celle qui m'avait confié sa vie, ses espérances, son bonheur... ; c'est qu'elle va me demander compte de tout cela ; et au lieu du riant tableau que je lui avais promis, qu'aurai-je à lui offrir?... La douleur torturant son âme noble et pure..., et peut-être... O mon Dieu ! vous ne voudrez pas qu'elle meure, elle si jeune, si belle, elle dont chacun redit le nom avec joie ! oh ! non... Et peut-être, ainsi que me l'écrit mon père, arriverai-je assez à temps.... Mais j'entends du bruit du côté du pavillon ; pour quelques instants encore éloignons-nous. (*Il se retire dans le fond de la scène, dans un bosquet.*)

SCÈNE III.

CLÉMENCE, MAURICE.

(*Ils descendent du pavillon : Clémence est pâle, souffrante ; elle s'appuie sur Maurice ; Edgar dans le fond.*)

MAURICE.

Appuie-toi sur mon bras ; tu es faible, Clémence, et, comme a dit le médecin, il faut de la prudence : tiens, assieds-toi là..., et, Dieu aidant..., ce soleil te ranimera et en même temps éclairera le premier jour de ta convalescence.

CLÉMENCE. *Elle parle lentement, elle se trouve bien faible.*

Que vous êtes bon, mon ami ! avec quelle paternelle sollicitude vous veillez sur moi ! Croyez-vous que je ne vous aie pas vu, durant mes longues et douloureuses insommies, à mon chevet, suivant avec tristesse les phases de la maladie, épiant mes désirs, comprenant sur un signe ce dont j'avais besoin, ne voulant laisser à aucun autre le pénible fardeau de m'entourer de ses soins ? et combien ne m'a-t-il pas fallu vous prier pour vous forcer à prendre un peu de repos !... O mon bon Maurice, mon ami ! c'est pour vous seul qu'au fond de mon âme abattue j'ai senti le désir de revenir à la santé, pour vous seul, et afin qu'un jour je puisse vous rendre tout ce que vous avez fait pour moi, pour qu'une main amie puisse aussi veiller sur vous à l'heure du péril.

MAURICE, *un peu ému.*

Mon enfant, ces soins qui t'étonnent de ma part, ou qui excitent tant ton admiration, te paraîtront bien naturels lorsque je t'aurai raconté une phase de ma vie que je n'ai jamais eu le courage de te dire, mais qu'aujourd'hui tu vas savoir : tu comprendras alors ma persistance à lutter avec toi contre la maladie ; et peut-être, quand tu auras entendu ce récit, une espérance de plus te rattachera-t-elle à la vie... Mais, Clémence, c'est un secret bien grave que Dieu seul et toi connaîtrez.

EDGAR.

Ne pouvoir m'éloigner !...

MAURICE.

L'honneur de plusieurs personnes en dépend : il s'agit de ton père, il s'agit de moi...

CLÉMENCE.

Que voulez-vous dire, mon ami ?

MAURICE.

Ta famille, à juste titre célèbre dans les annales de notre pays, brillait, au commencement de ce siècle, d'un grand lustre et d'un brillant éclat : on citait les fêtes splendides qu'on y donnait, et les tournois où les chevaliers d'alentour venaient rompre leurs lances. Ton père, jeune homme de vingt-cinq ans alors et dont la prodigue nature avait fait le plus beau et le plus accompli des seigneurs de vingt lieux à la ronde, ton père, dis-je, était l'âme de ces fêtes, en même temps qu'il en était le héros ; à ces réunions assistait aussi le baron de Maupertuis et sa fille Jeanne, que tout le monde appelait Jeanne la belle. Comme toi, Clémence, Jeanne était aussi belle que modeste ; mais ce qui étonnait tout le monde, c'était la pâle mélancolie qui se répandait sur son visage. En vain son père avait interrogé tous les médecins, sorciers et bohémiens, nul n'avait pu la guérir ni indiquer la source du mal ; mais le voyageur attardé eût pu voir, vers minuit, un cavalier s'arrêter sous les fenêtres de Jeanne, qui les ouvrait à un signal convenu, et un amant heureux aller consoler sa belle !... Ton père, Clémence, car c'était lui, se rendait ainsi chaque soir chez Jeanne ; heureux tous deux, ils n'avaient pas songé à l'avenir, ils n'avaient pas pensé au lendemain, et un triste réveil les y attendait.. Le baron de Maupertuis et le jeune comte de Bourges partaient pour Paris. Le père de Jeanne, que de graves intérêts appelaient dans la capitale, et dont le séjour devait se prolonger, avait confié la garde de ses domaines et le soin de veiller sur sa chère fille à un de ses amis. à sir Guillaume de Scève.

CLÉMENCE.

Votre père !...

MAURICE.

Quant à Claude de Bourges, mandé par ordre du roi

à la cour, il dut quitter Jeanne, non sans larmes ni douleurs; mais on avait promis et juré de se revoir : vaines promesses! car ton père, provincial gentilhomme, se laissa éblouir par les fêtes et les splendeurs du Louvre, et il eut bientôt oublié Jeanne...

CLÉMENCE.

Pauvre Jeanne !...

MAURICE.

Oui, pauvre Jeanne ! car, aux douleurs de l'absence et de l'oubli vient s'en joindre une plus terrible encore : un cri, parti du fond de ses entrailles, lui révéla qu'elle allait être mère...

CLÉMENCE.

O ciel !...

MAURICE, *continuant.*

Conçois-tu les angoisses de cette pauvre jeune fille, seule avec son désespoir; son père absent, son père qui va lui demander compte de son honneur?... et Claude de Bourges qui ne revient pas ! Elle lutte jusqu'à ce que les forces l'abandonnent; alors elle se confie à Guillaume de Scève, à celui qui devait veiller sur elle; elle lui dit tout : elle mourra plutôt que de l'apprendre à son père. — Et votre enfant? lui dit de Scève... Les moments sont précieux; votre père n'y survivra pas : si vous le voulez, acceptez ma main, et votre enfant portera mon nom... Et Jeanne accepta les offres de cet honnête homme. Quelque temps après, elle mettait au monde un fils qui jusqu'à ce jour n'a cessé de veiller sur toi, de t'aimer, de te chérir, de te prodiguer tous les soins d'un père...; et cet enfant, ce fils de Jeanne, s'appelle aujourd'hui... Maurice de Scève.

CLÉMENCE.

Mon frère !...

MAURICE.

Oui, ton frère !... Conçois-tu pourquoi je veux que tu

vives, comprends-tu maintenant ma fraternelle sollicitude ?

CLÉMENCE.

Mon frère !... oh ! quelle joie vous m'avez faite là ? Maurice..., mon frère !...

MAURICE.

Oui, ton frère, ton protecteur !... « Mon fils, m'a dit
notre père avant de mourir, je te laisse un dépôt bien
sacré... Jure-moi sur ce berceau de veiller sur ta sœur et
de ne jamais lui dire un mot de ce secret, ni à elle ni à
personne...» Je le jurai, Clémence ; depuis, tu sais si j'ai
accompli mon devoir (*Clémence lui prend la main*) : et
Dieu m'est présent que je ne t'aurais jamais rien dit, si
je n'avais voulu te rattacher à la vie par un nouveau lien,
si je n'avais voulu, avant de mourir, t'appeler du doux
nom de sœur !...

CLÉMENCE.

Et vous avez bien fait, Maurice. Mon Dieu ! j'aurai
donc quelqu'un en ce monde qui m'aimera sans me
tromper...

MAURICE.

Mais silence, Clémence, silence pour tous et devant
tous !... car, livrer ce secret, c'est livrer le déshonneur
de ton père et le mien...

CLÉMENCE, *à part*.

Encore me contraindre... (*Haut*) : Je vous le promets !

MAURICE.

Allons, Clémence, du courage, et que cette journée
du moins soit heureuse pour tous deux. A bientôt.
Clémence... ; ma sœur, à bientôt.

SCÈNE IV.

CLÉMENCE , EDGAR.

EDGAR , *dans le fond.*

Qu'ai-je appris ? grand Dieu !...

CLÉMENCE.

Un frère !... ce bonheur ne m'était pas réservé , et je ne vivrais que pour avoir une déception de plus ; car, je le sens là , ce mal me conduira au tombeau. Ils disent que je vais mieux, quand, à moitié penchée sur la tombe, je vois la mort s'avancer... Je vais mieux, parce que je les trompe ; ils n'ont pas compris cela... J'eusse pu être heureuse cependant, aimée de lui et d'elle, avec l'amour d'Edgar et l'amitié de Louise... Folle que j'étais d'aller suspendre ma vie, mes espérances à de pareils senti-ments, d'avoir cru à la constance !... et, malgré tout cela..., je l'aime toujours..., plus que jamais... : que n'est-il là , près de moi, mon Edgar ! je le sens, je lui aurais tout pardonné...

EDGAR , *qui s'est avancé.*

Clémence, je suis à tes genoux !...

CLÉMENCE , *se trouvant mal.*

Edgar !... oh !...

EDGAR , *soulevant Clémence et la tenant dans ses bras.*

Clémence, mon amie, reviens à toi... Ses yeux se ferment... ; elle ne m'entend pas... Clémence , réponds à ma voix... Oh !... mon Dieu ! vous ne voudriez pas que ce fût moi qui l'ait tuée.

CLÉMENCE.

Edgar !... Louise !...

EDGAR.

Elle revient à elle... ; ses yeux se rouvrent... Merci,
mon Dieu !...

CLÉMENCE.

Quoi ! Edgar, tu n'as pas craint de venir ici , et tu as
franchi le seuil de cette demeure sans que rien t'y
arrête ; le remords et le parjure n'avaient-ils pas fait une
assez grande séparation entre nous ? aurais-tu été assez
cruel pour vouloir assister à l'agonie de ta victime ?... Oh !
non ; car, moi, pauvre fille , que t'avais-je fait, sinon
que me confier à ta foi et à ton honneur ? et alors que,
m'avouant ton amour, tu allais me nommer ta compagne,
qu'ai-je fait sinon d'accéder à tes vœux, à ceux de
ma famille ? Oh ! j'aurais pu te pardonner de ne pas
m'aimer, de m'avoir oubliée ; mais en aimer une autre ,
c'est mal , Edgar.

EDGAR.

Quand devant un tribunal on demande la peine du
coupable , on écoute l'accusé... : eh bien ! Clémence ,
écoute-moi donc , et, ne remettant à personne autre ma
sentence, prononce ; et je le jure ici par le Christ, par
la vieille épée de mon père , quoi que tu dises, je le
ferai...

CLÉMENCE.

Oh ! Monsieur, n'essayez pas de m'abuser.

EDGAR.

Pour faire croire à son innocence , l'accusé doit avoir
mieux que des paroles , n'est-ce pas ? il lui faut des preuves. Eh bien ! c'est avec des preuves que je viens te dire :
Clémence, j'ai pu être égaré un instant, mais c'est toujours toi qui m'es chère, et j'ai cruellement expié cet
égarement de quelques heures... Clémence, je t'aime
toujours... : je viens déposer à tes pieds ma vie , mes
espérances.

CLÉMENCE.

O Edgar, je suis faible..., je sens la tombe s'entr'ouvrir sous mes pas; ce serait plus qu'un crime si tu mentais...

EDGAR.

Je t'ai promis des preuves!... Tiens, Clémence, lis cette lettre que j'écrivais il y a un mois, alors que, mandé par le roi pour un poste périlleux, ma vie était en danger : lis cette lettre, qu'on ne devait ouvrir qu'à ma mort, lis cette lettre, et tu verras; on ne trompe pas quand on va mourir.... (*Edgar lui remet la lettre.*)

CLÉMENCE , *tristement.*

Louise innocente! que dites-vous là?...

EDGAR.

La vérité!...

SCÈNE V.

CLÉMENCE , EDGAR , UN DOMESTIQUE.

LE DOMESTIQUE.

Mademoiselle veut-elle recevoir......

CLÉMENCE.

Qui ?...

LE DOMESTIQUE.

Monsieur et Madame Perrin.

CLÉMENCE.

Faites entrer... (*Le domestique sort.*)

SCÈNE VI.

CLÉMENCE , EDGAR.

CLÉMENCE.

Edgar , tu me trompais encore ; c'est lâche...

EDGAR.

Clémence , que veux-tu dire ?

CLÉMENCE.

Regarde...

SCÈNE VII.

CLÉMENCE , EDGAR , LOUISE , ENNEMOND.

EDGAR * , *à part*.

Louise... , elle... mariée...

LOUISE.

Edgar ici !...

CLÉMENCE.

Comme ils ont l'air embarrassé !

ENNEMOND.

Tiens ! le capitaine ici ! oh ! tant mieux. (*A Clémence*) :
Mais , comment va notre malade ce matin ? ma femme me
tourmentait depuis hier pour l'accompagner ; mais j'ai
tant d'occupations , que je n'ai pu venir : n'est-ce pas ,
Louise ?

* Edgar, Clémence , Ennemond , Louise.

LOUISE.

Monsieur Perrin !

CLÉMENCE.

Vous êtes bien bon, Monsieur Ennemond; mais je ne me sens pas bien ce matin.

ENNEMOND.

Où est donc ce cher Maurice ?... Et vous, capitaine, depuis quand ici?

EDGAR.

Depuis ce matin; mais quel changement, mon cher Ennemond!

ENNEMOND.

Ah! vous trouvez, capitaine... Tiens, c'est juste, moi qui ai oublié de vous présenter ma femme : vous voyez ici dame Perrin, maîtresse cordière et mon épouse. (*Louise salue.*)

EDGAR, *s'inclinant.*

Madame...

ENNEMOND.

Si vous voulez, capitaine, nous visiterons le château, je vous en ferai voir les beautés. (*A Edgar*) : Vous comprenez : des femmes, des amies, ça a toujours quelques confidences à se faire.

EDGAR.

Je reviendrai.

ENNEMOND, *qui a remonté la scène.*

Louise, prends garde à toi, l'air est frais... Venez-vous, capitaine ? (*Ils sortent.*)

SCÈNE VIII.

CLÉMENCE , LOUISE.

Louise se jette aux genoux de Clémence.)

CLÉMENCE.

Relevez-vous donc, Louise ? on croira que vous me demandez pardon....

LOUISE.

Quoi ! Clémence , votre cœur impitoyable n'a pu se laisser fléchir ; vous n'avez rien voulu croire, et le nom que je porte n'a pu encore vous persuader de mon innocence...

CLÉMENCE.

On pourrait croire que vous avez pu être coupable.

LOUISE.

Oh ! vous êtes sans pitié , Clémence... ; ni serment, ni preuves, rien ne peut vous détromper...

CLÉMENCE.

Sans pitié , dis-tu? mais à qui donc ai-je fait du mal ? de quoi me suis-je plaint ?... quand donc t'ai-je accusée ? est-ce que je suis venue te faire un reproche ? suis-je venue te dire à toi mes souffrances, ma douleur? et alors qu'enfermés ensemble, je tenais votre honneur à tous deux , qui donc vous a sauvés ?... Sans pitié , dis-tu ? mais moi , pauvre martyre de l'amour et de l'amitié, ai-je fait voir une seule des larmes qui inondent mon visage ? ai-je redit une seule des tortures qui me rongent ? et quand tout le monde croit qu'une maladie seule est la cause de tant de souffrances, ai-je redit ce qui causera ma mort ? est-ce moi, amie fidèle, qui t'ai trompée en t'enlevant l'affection d'un époux ? est-ce moi, confidente discrète..., qui, t'arrachant ton secret, ai ainsi lâchement abusé du plus sacré des devoirs ? est-ce moi encore qui, forte de ce secret, ai aussi brisé toutes tes espé-rances..., anéanti tout ton bonheur, renversé toute ta vie ?.. Dis-moi, Louise, qui de nous deux a été sans pitié ?

LOUISE.

Oh ! Clémence, grâce !

CLÉMENCE.

Sans pitié !... vous qui n'avez pas craint, manquant au plus sacré des devoirs..., amie parjure..., épouse infidèle peut-être, de donner rendez-vous, ici, à votre amant !....

LOUISE, *courant à Edgar qui revient.*

Mais, dites-lui donc que cela n'est pas vrai... ; Edgar, dites donc la vérité...

SCÈNE IX.

EDGAR, LOUISE, CLÉMENCE.

EDGAR. *

Clémence, où est la lettre que je vous avais confiée ?

CLÉMENCE.

La voici...

EDGAR.

Que vois-je ?... (*Avec douceur*) : Mais pourquoi donc

---

* Louise, Edgar, Clémence.

refuser de la lire ?... Pourquoi , malgré tout... , me vouloir coupable , Clémence ? Oh ! mais , lisez donc !...

LOUISE.

Que signifie ?

CLÉMENCE , *qui a déjà lu , ajoute :*

Quoi ! il serait vrai , ô mon Dieu !...

EDGAR , *vivement.*

Ah ! par grâce... , achevez.

CLÉMENCE.

Non , je vous crois maintenant : Edgar , Louise , mes
amis , ah ! vous avez bien dû souffrir ; aussi me pardon-
nerez-vous ?

EDGAR ET LOUISE.

Clémence !

LOUISE.

Oh ! je souffre !...

CLÉMENCE.

Et vous , mon Dieu , merci , pour ce jour de conso-
lation et de joie que vous m'aviez réservé. J'ai retrouvé
mon amie , ma sœur, mon fiancé Edgar ; à nous maintenant , à nous le bonheur, à nous l'avenir !

LOUISE , *à part.*

A moi le passé et les joies amères du souvenir !

SCÈNE X.

MAURICE , *qui est entré sur les derniers mots.*

Et à toutes deux , nobles enfants , que ce jour a de nouveau réunis, à toutes deux le génie et la gloire !...

LOUISE.

La gloire! (*à part*) : mais je n'en voulais que pour lui.

SCÈNE XI.

LES MÊMES, LUIGI.

LUIGI. *

Capitaine, cet ordre pour vous arrive à l'instant.

EDGAR.

Donne... Que vois-je ?... « Le capitaine du Peyrat, à la réception de ce message, ira sur-le-champ prendre le commandement des troupes en observation sur les frontières du Dauphiné... » Partir !...

CLÉMENCE.

Edgar, que dis-tu ?

EDGAR.

Oui, Clémence, après le repentir l'expiation ! avant le salaire, la peine !... et Dieu n'a pas voulu sans doute, me laisser jouir d'un pardon que je n'aurai rien fait encore pour mériter...

CLÉMENCE.

L'éloigner encore !...

EDGAR.

Oui, Clémence, mais pour revenir bientôt digne de toi, digne aussi de votre estime, (*aux pieds de Clémence*)

* Edgar, Clémence, Maurice, Louise, Luigi.

de ton amour !... Clémence, Maurice, à bientôt... (*Se relevant troublé*) : Luigi, viens, partons !...

CLÉMENCE.

Edgar, adieu !

(*Maurice et Louise se rapprochent de Clémence qui se sent défaillir.*)

MAURICE.

Du courage, amie !

LOUISE.

Espère, Clémence !... (*A part*) : Moi, je tâcherai d'oublier !....

FIN.

NOTA. S'adresser, pour la musique, à M. Guillon, chef d'orchestre au Théâtre des Célestins.

www.ingramcontent.com/pod-product-compliance
Lightning Source LLC
Chambersburg PA
CBHW070746280626
47162CB00017B/2398